AF191875

F.U. Ricardo

Reicht ein Quadratmeter?

F. U. Ricardo

Reicht ein Quadratmeter?

Roman

Ricardo, F.U.
Reicht ein Quadratmeter?
– 1. Aufl. – 2010
Herstellung und Verlag:
Books on Demand GmbH, Norderstedt (www.bod.de)
ISBN: 978-3-839-14807-5

„Wie viel Erde braucht der Mensch?"

(Leo Tolstoj, russischer Dichter)

Einführung

Die grossartige und tiefsinnige Geschichte Leo Tolstojs, „Wie viel Erde braucht der Mensch?", war wohl weit herum bekannt!

Ist sie es immer noch? Leider vermutlich stets weniger!

Der alte „amerikanische Traum" vom Tellerwäscher zum Milliardär wird immer noch geträumt – nur in abgewandelter Form der heutigen Möglichkeiten und in ganz neuen Dimensionen.

Im Meisterwerk von Tolstoj zahlt der russische Bauer Pachom einem Baschkiren tausend Rubel, um in einem Tagesmarsch soviel Land wie möglich zu gewinnen. Er rennt sich die Seele aus dem Leib und fällt am Abend tot um. Pachoms Knecht schaufelt dem toten Bauern ein Grab, genau so lang und breit, wie der entseelte Körper braucht. Darum die Frage: „Wie viel Erde braucht der Mensch?"

„Erde" steht dabei metaphorisch für Glück, Gier, Macht, Besitz.

Bei Tolstojs Erzählung muss bedacht werden, dass man damals in Russland gewiss noch nichts von Urnengräbern, von Urnenhainen mit mehreren Stockwerken, von Ausstreuen der Asche über dem Wasser oder im Wald und dergleichen mehr wusste. Denn eigentlich ist der Bedarf an Erde dabei gleich null! Oder wenn jemand von einer Kanonenkugel pulverisiert wird? Oder wenn Tausende durch eine nukleare Katastrophe verdampfen? Oder wenn ein Kind das Licht der Welt gar nicht erblickt oder nicht erblicken darf?

Natürlich steckt bei Tolstoj hinter den Verführungskünsten der Teufel. Und dieser ist heute gar nicht mehr aktuell. Ein Auslaufmodell als Kinderschreck oder für fromme alte Mütterlein! Man kann dies verstehen, wenn man sich die alten Vorstellungen einer Gestalt mit Pferdefuss und Hörnern, mit Schwanz und üblem Schwefelgestank vor Augen führt. Diese Art Teufel wäre eigentlich wünschenswert. Es könnte aber vielleicht auch ein schlaues Argument des Teufels sein, den Menschen glauben zu machen, dass er gar nicht existiert!?

Wie viel Erde braucht der Mensch?

Wie viel Freiheit braucht der Geist?

Wie viel Raum braucht die Seele?

Der Todkranke braucht noch an den Infusions-schläuchen liegend ein Spitalbett.
Ein anderer braucht eine Zwölf-Zimmer-Villa mit Meeranstoss. Dies kann je nach Lebensumständen sogar derselbe sein!

Der arme Arbeiter braucht gewiss mehr finanzielle Mittel, um sein kärgliches Dasein zu verbessern. Und ein Reicher muss sein Geld optimieren, um reicher zu werden.

Der Politiker braucht höhere Ämter, um seine Welt-verbesserungsgedanken durchzubringen.
Oder sind es schlichtweg Machtgelüste?

Der Star braucht grössere Rollen in grösseren Fil-men und grösseren Konzerthallen für seinen Ruhm. Nein, natürlich nur, um sein Publikum zu beglücken.

Der Religionsfanatiker braucht mehr Anhänger, um die einzige wahre Wahrheit zu verbreiten.

Der in unendlichen Weiten Geborene träumt von überblickbarem Raum, um sich nicht selbst zu ver-lieren. Und der in die Enge Gezwängte sehnt sich nach der Weite.

Wer aber fragt ernstlich darnach, was sein Innerstes braucht?

Vermutlich nur Wenige! Es sollten mehr und mehr werden – und nicht nur immer mehr Bewohner auf unserem Planeten, der für uns alle für ein paar kurze Lebensjahre Heimat sein soll.

1

Fernando Gonzales hockte trübsinnig auf der Steintreppe vor der grün gestrichenen Tür seiner einfachen Pension in Santa Cruz in Teneriffa. Diese Türe, nein, das ganze Haus, bräuchte dringend einen neuen Anstrich. Die salzige Seeluft frisst die leuchtenden Farben bald auf.

Auch die für heutige Ansprüche sehr bescheidene fünf Gästezimmer seiner Herberge bräuchten dringend eine Renovation und neue Möblierung. Von den veralteten sanitären Anlagen und vom Einbau moderner Duschen ganz zu schweigen.

Aber moderne und seelenlose Hotelklötze mit den immer gleichen eintönigen Standardzimmern in der halben Welt breiten sich auch hier aus wie die Pest. Zudem kam das unendliche Gejammer wegen Finanz- und Wirtschaftskrise auch hier aus aller Mund.

Nur die Touristenschwärme blieben in etwa die gleichen, weil die Hoteliers sich mit Dumpingpreisen und Sonderangeboten übertreffen wollten, um nicht zu einer Geisterstadt am Strand zu verkommen.

Braungebrannt aus dem Urlaub heimzukommen und damit den Neid der Bekannten und Verwandten heraufzubeschwören hat einfach immer noch einen gewissen Reiz. Obschon heutzutage bald jeder Zehnte auch zu Adventseinkäufen nach New York fliegen könnte. Nur, dies sieht man dann eben kaum, weil ähnliche oder gleiche Artikel auch zu Hause gekauft werden können.

Dummerweise suchen Touristen aber meistens auch in Teneriffa diese eintönigen Betonbunker aus. Meerblick, das ist und bleibt das Zauberwort; auch wenn aus vielen Minizimmern das Meer nur mit Halsverrenkungen vom Balkon aus zu sichten ist und wenn der kurze Gang zum Strand dazu noch über eine lärmige und viel befahrene Strasse führt.

Wenige kommen höchstens mal in seine kleine, aber doch so gemütliche Pension zu einem schlichten Abendessen. Meist erst, wenn ihnen das Geld ausgeht oder wenn ihnen allmählich die tägliche „Schlacht am Buffet" verleidet ist.

Und noch weniger Touristen kommen auf die Idee, sich mal ein Zimmer seiner Herberge anzugucken und nach dem Preis zu fragen.

„Man sieht halt von hier aus das Meer nicht. Man sieht hier auch nicht die grosse und weite Welt der Schönen und Reichen! Als wenn man dies in den

Betonburgen am Strand erleben könnte. Man will halt gern etwas vorgegaukelt bekommen und damit eigentlich betrogen werden", brummte Fernando weiter vor sich hin.

„Aber mit diesen Gedanken kann ich mir nicht mal neue Pinsel und Farbe kaufen geschweige denn eine nachhaltige Renovation der Pension in Angriff nehmen", lästerte Fernando weiter.

„Wann endlich kommen die Leute her, um das echte und wirkliche Teneriffa zu erleben?"

„Der oft schneebedeckte Teide, Weihnachtssterne, die hier eher ein Unkraut als eine Zierpflanze sind, seltene Eidechsen, Kakteen, die ewig gleichen Sujets vom stinklangweiligen Strandleben, und von alledem ein paar Fotos oder Videos, die man heutzutage auch in Computerprogrammen anklicken und herunterladen könnte. Und dann ab nach Hause für neue Planungen. Das nennen diese Idioten dann ‚Erlebnis Kanarische Inseln'."

Zu Fernandos grössten Ärger kam hinzu: „Diese Inseln zählen zu Spanien! Es wäre doch wirklich an der Zeit, ein eigenständiger Staat zu sein! Sonderstatus und Sonderrechte, ja eine gewisse Autonomie gut und recht!" Aber Fernando und gewiss auch viele andere Einheimische wollten mehr.

„Aber woher die Devisen, das Kapital und die klugen Köpfe für eine allmähliche, schrittweise und vor allem friedliche Abkoppelung von Spanien und die Gründung eines eigenen Staates nehmen?"

Den meisten brannte die Sonne sowieso das Denken aus dem Schädel, oder der Saharastaub vernebelte nicht nur die äussere, sondern auch die innere und visionäre Sicht!

„Ja, ich weiss, solche Sezessionsgelüste gibt es sogar im alten Europa zuhauf, trotz der immer grösser werdenden EU. Wenn irgendwo ein solches Signal gesetzt würde, dann rumort es wieder im Baskenland, in Katalonien, auf Korsika, in Nordirland, in Russland, in Moldawien, in der Ukraine und weiss der Teufel wo!"

Die Schwärmer für ein vereinigtes und starkes Europa lachte Fernando innerlich nur aus!

„Wann versteht denn ein Spanier die Briten und ein Ungar die Griechen, ein Pole die Portugiesen und so weiter? Ich würde einen Flickenteppich wie im ehemaligen Jugoslawien vorziehen, denn ein Einheitsbrei bringt auch nicht alles. Die vielgeschmähte drohende Balkanisierung Europas hat nicht nur Nachteile!"

2

Ein fröhliches „Buenos Días" in einem für Fernandos Ohren fürchterlichen Akzent schreckte ihn aus seinen Träumereien auf.

„Nein, kein Deutscher, kein Japaner, kein Russe", rätselte Fernando für einen Moment.

„Suizos", meinte Bruno Gantner, verschmitzt lächelnd, als er den prüfenden und fragenden Blick Fernandos bemerkte. „Hat ihre Hazienda heute offen? Ich habe grausamen Hunger und Durst. Und nicht nur ich allein, sondern ein halbes Dutzend weitere fröhliche Landsleute!"

„Si, Señor; por favor! Ich habe aber weder eine Speisekarte noch eine Weinliste! Aber meine Frau beziehungsweise ihre Küche ist voller Geheimnisse. Wann darf ich für Sie einen Tisch decken?"

„In einer Stunde! Und stellen Sie erst mal den Weisswein kühl. Kühl, nicht eiskalt, bitte! Wir sind keine Americanos! Nachher haben Sie gewiss auch ein paar gute Flaschen Rotwein? Aber diese nicht

aus dem Kühlschrank, denn wie gesagt: Wir sind keine Americanos!
Und zum Abschluss einen oder mehrere Carlos Primero! Wissen Sie, was uns bei eurem Brandy besonders gefällt? Die spanischen Portionen und die spanischen Preise! Dreimal grösser und dreimal günstiger als bei uns zu Hause!"

„Wir sind hier aber auf Teneriffa, Señor, nicht in Spanien! Preise und Portionen sind hier noch besser!"

„Teneriffa? Ja, natürlich! Aber die Kanaren zählen doch auch zu Spanien!", meinte Bruno.

„Leider!" brummte Fernando. „Gerade Sie als Schweizer müssten doch verstehen, dass wir hier gerne neutral und ein eigener Staat sein möchten. Sie sind ja auch nicht in der EU!"

„Noch nicht", lächelte der Schweizer. „Aber in den nächsten hundert Jahren gewiss auch!
Wenn Europa nicht zusammenhält, dann wird es bald von China, Indien und anderen kommenden Wirtschaftsriesen überholt und bedeutungslos. Aber keine Angst, wir politisieren nicht heute Abend bei Ihnen. Wir bauen ein fröhliches Fest!"

3

Das Mahl wurde zu einem lokalen gastronomischen Erlebnis für Bruno und seine Gruppe, und dauerte bis weit über Mitternacht! Im Süden beginnt ein Abendessen nie am frühen Abend, sondern meist erst so gegen zehn Uhr. Dass da auch oft Kinder mit dabei sind, ist selbstverständlich. Bei Fernando, beziehungsweise dessen Küche, kamen nicht nur Gourmands, sondern sogar Gourmets ins Schwärmen.

Als die ausgelassene kleine Gesellschaft auch unbedingt ein Hoch auf die Küche anbringen wollte, musste Fernando seine Frau, seine Perle, seine Köchin, alles in Personalunion mit dem klangvollen Namen Alma, vorstellen. Und bei deren Anblick kommen sowieso die meisten Männer ins Schwärmen. Dies erfüllte Fernando einerseits mit Stolz, zum andern aber als typischer Südländer auch mit einer glühenden Eifersucht.

Man muss bedenken, dass Berber, Griechen, Phönizier, Portugiesen, Spanier und Genueser hier ihre Spuren hinterliessen und dies natürlich nicht nur in

der Küche, sondern auch in einem gesunden Blut-
gemisch verschiedener Menschenrassen.

Bei der kanarischen Küche ergeben allein die typi-
schen Zutaten und Gewürze einen kleinen Katalog,
von dem man schwärmen könnte. Was dann auch an
Gemüse, Fisch, Fleisch, Käse und Desserts her-
gezaubert wurde, war einfach grossartig. Die Rech-
nung war zwar nicht mehr so bescheiden wie vor der
Einführung des Euro, aber für die Schweizer Reise-
gruppe immer noch erschwinglich, wenn nicht sogar
bescheiden. Die Eindrücke von Köchin und Küche
waren so nachhaltig und intensiv, dass Bruno be-
geistert im Namen aller meinte:

„Wir kommen morgen Abend wieder, Señor Fernando Gonzales! Ihre Frau kann ohne weiteres
nochmals das Gleiche auftischen!" Er und seine Be-
gleiter schwankten fröhlich in ihre Bettenburg am
Strand zurück.

„Empfehlen Sie mein Haus weiter?", fragte Fernando lächelnd, aber innerlich komisch berührt von der
Begeisterung für seine Alma und deren Küche.

„Aber bestimmt! Die internationale Hotelküche
hängt gewiss nach fünf Tagen noch manchem zum
Halse hinaus!"

Mund-zu-Mund-Propaganda ist auch heute noch manchmal effizienter als ausgeklügelte und sündhaft teure Werbung. Jedenfalls boomte in kurzer Zeit Fernando Gonzales Restaurant wie kaum zuvor. Nicht einmal die viel beschworene Wirtschaftskrise konnte diesen Trend stoppen.

Im Gegenteil: Einige Arrangements in den Hotelkästen wurden ohne Halbpension gebucht, damit man gut und günstig die lokale Küche geniessen und die „Schlacht am Buffet" mit dem internationalen Einheitsfood vermeiden konnte. Sogar die fünf Zimmer von Fernandos Pension wurden immer öfter belegt.

Nach einiger Zeit plante dieser darum bereits eine Renovation und sogar eine Vergrösserung seiner Herberge und träumte schon von einem zweiten Restaurant. Diesmal natürlich mit Wein- und Speisekarte. Und natürlich auch mit leicht angehobenen Preisen. Auch suchte er Räumlichkeiten für weiteres und neues Personal, das nun nötig wurde. Die Kasse klingelte; und dies macht die meisten Menschen glücklich! Glücklich? Wirklich? Oder vielleicht besser gesagt noch gieriger?

„Damit ist sicher viel mehr Arbeit und Stress verbunden", dachte Fernando. „Aber die administrativen Arbeiten kann gewiss meine Frau nebst der Aufsicht in der Küche übernehmen. Auch für den Einkauf von Lebensmitteln und Wein winkt bei erhöhten Mengen ein tieferer Preis!"

Das stimmte zwar alles! Aber dass damit seine Frau Alma an die Grenzen der Belastbarkeit stossen und ihre Beziehung darunter leiden könnte, daran dachte Fernando in seinem Expansionsdrang nicht. Auch nicht, dass die Qualität der Speisen merklich nachliess. Nicht jeder und jede ist ein begnadeter Koch!

Auch dachte er nicht daran, dass ihr gemeinsamer Kinderwunsch auf unbestimmte Zeit hinausgeschoben wurde. Im Gegenteil träumte er: „Wenn hier erst mal ein zweiter Laden läuft, so fasse ich einen weiteren im Süden der Insel Teneriffa ins Auge. Dorthin zieht es Millionen von Urlaubern, viel mehr als hier nach Santa Cruz!" Vorsichtigerweise erzählte er seiner Alma vorläufig noch nichts von seinen Ideen.

Vor lauter Betriebsamkeit, vor lauter neuen Plänen, die manchmal eher Phantastereien glichen, schliefen das schöne Eheleben und die zuvor liebevolle Erotik unter südlichem Nachthimmel völlig ein. Die Reizbarkeit durch grösseren Stress nahm hingegen bei beiden bedenklich zu. Trotz der meist lachenden Sonne des Südens wurden die Herzen kalt und kälter.

„Ich will einfach allen beweisen, dass ich kein blöder Träumer bin", gelobte sich Fernando. Die Frage war nur, wem er dies beweisen wollte ausser sich selbst und seinem Ego!

Die Insel Teneriffa ist zwar klein! Aber es gibt sieben kanarische Inseln! Und heute sind alle gerade durch ihre Unterschiedlichkeit auf ihre Weise beliebt. Darüber hinaus blickte Fernando bereits in die Ferne.

„Es gibt ja auch noch die für sonnenhungrige Touristen aus dem Norden Europas viel näher liegenden Balearen, es gibt die Costa Brava, Costa Blanca, Costa del Sol im Mutterland Spanien! Vielleicht fasse ich eines Tages sogar dort Fuss!"

Fernandos frühere Wünsche und Separationsgedanken für die Kanaren traten angesichts solcher Zukunftspläne völlig in den Hintergrund. Sie wurden sogar unbedeutend.

Träumen darf und kann man ja! Aber bei Fernando war da mehr als nur ein Traum. Es war geradezu ein missionarischer Drang zu Neuem und Grossem, zu einer Zukunft im Glück und Reichtum.

4

Als die Suizos ein Jahr später wieder kamen, kannten diese Fernando und seine Frau kaum mehr. Sein sehr erweitertes Restaurant und die weiteren moderneren Gästezimmer blühten und florierten, hatte aber das Wesentliche vom früheren Charme verloren. Die Speisen waren nach wie vor gut, oder? Ja, gewiss, aber einfach nicht mehr hervorragend wie vor einem Jahr. Langsam entwickelte sich auch hier das doch so verschmähte Einheitsfood à la Canaria. Also nicht mehr das Ursprüngliche und das mit Liebe Zubereitete.

Hingegen wurden die Preise herausragend! Und der Service etwas unfreundlicher und unpersönlicher und vor allem gehetzter.

Es war kaum mehr die laute Fröhlichkeit und Ausgelassenheit einer Kneipe. Es war auch nicht mehr unbedingt das Flair der Kanaren zu erleben. Eher doch einfach Lärm und Business.

„Leute, wie lange geht das gut mit unserem Fernando und seiner Frau Alma?", fragte Bruno Gantner seine Freunde. „Die beiden sind gehetzt und ge-stresst!"

Als Bruno Alma dummerweise und unglücklicher-weise fragte, ob ihr Kinderwunsch nun bald in Erfül-lung gehen würde, begann diese hemmungslos zu weinen!

Zur gleichen Zeit plante Fernando bereits eine weite-re „Filiale" auf Gran Canaria und wenn möglich sogar auch noch auf Fuerteventura. In seinem Kopf schwirrte Tag und Nacht die Zahl von heute mindes-tens jährlich neun Millionen Touristen herum, die die Kanaren besuchten, und zudem ein nochmals viel günstigerer Einkauf und grössere Margen als Grossist.

Die versteckten Tränen Almas sah er nicht. Oder übersah er diese geflissentlich? Auch nicht, dass sie abgehetzt und bleich, ja tieftraurig herumschlich. Aber je kälter ihre Beziehung wurde, umso heisser wurde seine Eifersucht.

Als Bruno Fernando subtil auf ihren grossen Stress ansprach, wurde dieser richtig wütend und sogar sehr ausfällig.

„Du schaust ihr wohl zu sehr in ihre schönen Augen, dass du ein leises Tränchen wahrgenommen haben willst! Ich bin kein Idiot, Bruno! Wenn du mein

Freund bleiben willst, dann lass gefälligst die Augen und die Finger von meiner Frau! Glaubst du denn, ich sehe Almas Blicke nicht, mit denen sie dich umgarnt? Begonnen aber hat dieses traurige Spiel mit deinem Augenaufschlag zu ihr! Habt ihr in der Schweiz keine schönen Frauen? Oder suchst du hier einfach ein wenig Abwechslung?"

„Fernando, in diesem Ton und auf diesem Niveau spreche ich nicht mit dir. Von einem Freund sollte man die Wahrheit ertragen. Du wirst masslos in deinen Plänen!"

„Masslos", lachte er hämisch. „Ich bin nicht dumm. Die meisten Touristen kommen aus England, aus Deutschland, aus Holland, und auch viele aus deiner Schweiz! Ist es denn so abwegig, dass ich eines Tages sogar in jenen Ländern mal eine Gastronomiekette für kulinarische Spezialitäten eröffne?"

Du bist ein anerkannter Architekt mit vermutlich für meine Begriffe fürstlichem Einkommen. Auch deine Freunde sind gewiss alle wohlhabend. Ich bin nicht mit einem goldenen Löffel im Mund geboren. Aber ich will nach oben, verstehst du?"

„Kennst du die Geschichte von Tolstoj, dem grossen russischen Dichter, mit dem Titel: ‚Wie viel Erde braucht der Mensch?'"

„Nein, wozu? Sollte ich?"

„Ja, dringend! Ich vermute sehr, es gibt davon auch eine spanische Übersetzung! Lies diese mal, wenn bei euch auf den Kanaren sogenannte tote Zeit ist!"

„Die gibt es hier nie!"

„Leider!"

„Sorge dafür, dass wir Freunde bleiben und nicht Feinde werden", drohte Fernando. „Sonst könnte es *für dich* auf den Kanaren wirklich eine *endgültige tote* Zeit geben! Wir sind hier nicht zimperlich mit Liebhabern verheirateter Frauen!"

„Das genügt!" zischte Bruno. „Wir sind geschiedene Leute! Trotzdem wünsche ich dir für die Zukunft Erfolg und vor allem Vernunft!"

„Und du lass deine Augen und deine Finger von meiner Alma! Ich würde euch überall finden und mit beiden abrechnen!"

Ohne ein „Adiós" gingen die beiden auseinander. Für immer? Kaum!

Hinter einem Küchenfenster sah und hörte Alma den beiden bei ihrer Streiterei zu und weinte hemmungslos. Zum Glück merkte dies keiner dieser Wütenden.

5

Brunos Urlaub ging zu Ende. Er reservierte in seinem vertrauten Hotel „Ambassador" nicht mehr für das nächste Jahr.

„Santa Cruz ist für mich erledigt. Mit diesem Idioten Fernando Gonzales will ich nie mehr was zu tun haben! Teneriffa hat auch noch andere und sogar schönere Strände. Aber die arme Alma, was ja zu Deutsch ‚Seele' heisst, geht mir nicht aus dem Sinn. Ihre Anmut, ihre südländische Grazie, ihre erotische Anziehung, ihre Verzweiflung, ihre Tränen im edel geformten Gesicht: Ich sehe alles Tag und Nacht vor mir!"

„Soll ich sie heimlich vor meiner Abreise nochmals besuchen? Der Tölpel Fernando in seiner krankhaften Eifersucht wird gewiss auch ihre Post überwachen sowie ihre Telefongespräche im Festnetz. Ein Handy darf diese ‚Gefangene eines Tyrannen' meines Wissens ja gar nicht besitzen!"

Nun, ein heimlicher Besuch und Abschied waren nicht nötig. Zitternd vor Sorge und Angst stand Alma Gonzales am Abend vor Brunos Heimreise in der Hotelhalle des „Ambassador" und verlangte an der Rezeption einen Herrn Bruno Gantner zu sprechen.

Wie vom Donner gerührt zog Bruno Alma in eine verschwiegen Ecke der Bar und fragte aufgeregt: „Alma, weiss Fernando von deinem Besuch bei mir?"

„Um Himmels Willen nein!" rief sie verzweifelt. „Er sucht mich sicher schon wütend und schreiend im ganzen Haus! Wenn er uns hier entdeckt, so schlägt er uns beide tot!"

„Alma, beruhige dich. So schnell wird hier niemand umgebracht!"

„Du kennst ihn nicht! Und du kennst seine inzwischen aufgebauten Beziehungen nicht, auch zur hiesigen Polizei. Es kommen hier vermutlich mehr Menschen um auf unserer kleinen Insel als bei dir zu Hause in der Schweiz. Bei entsprechenden Kontakten zu Behörden und Polizei kräht kein Hahn danach. Man erklärt dann einfach: Vermutlich ertrunken, verschwunden, mit unbekanntem Ziel abgereist!"

Spontan nahm Bruno die zitternde Alma in die Arme. Natürlich nur, um sie zu beruhigen!

Wirklich? Er hatte sich ja schon lange einen solchen Augenblick erträumt. „Komm schnell auf mein Zimmer. Wenn dieser Verrückte dich sucht und hier bei mir findet, hast du hernach die Hölle!"

„Nein, ich lande im Grab und damit endlich in der ewigen Ruhe!"

In Windeseile in der Juniorsuite von Bruno angekommen, stotterte Alma verlegen: „Nimm mich mit in die Schweiz! Ich kann nicht mehr! Entweder ich fliehe mit dir oder ich bring mich um!"

„Alma, ja wie denn? In der Chartermaschine ist kein Platz frei. Du hast keinen Pass bei dir. Und am Flughafen würdest du jederzeit aufgegriffen. Selbst wenn wir ins Flugzeug kämen, so stehst du auf der Passagierliste!"

Erstmals leise lächelnd zeigte Alma ihren Pass. „Den habe ich dabei und ein paar Euros auch! Wir könnten eine andere Maschine nehmen, nach Madrid, nach Frankfurt oder weiss Gott wohin, nur nicht nach Zürich. Da würden bei Fernando sofort die Alarmglocken klingeln!

Und wenn gar nichts geht, so nehmen wir ein Schiff auf eine andere Insel der Kanaren und von dort weg! Bitte verzeih, Bruno, eine Frau sagt das nicht! Nicht in unserer Kultur hier. Aber was bleibt mir anderes? Ich liebe dich, und zu Hause habe ich die Hölle!"

Ein grossartiges Gefühl durchströmte Bruno, wie er dies im ganzen Leben noch nie empfunden hatte. Aber im Überschwang dieser Empfindung machte er eine Dummheit.

„Liebst du mich wirklich oder willst du nur dieser Hölle entfliehen?"

„Adiós, Bruno, ich habe mich auch in dir getäuscht! Ich hoffte wirklich, du fühltest mehr. Ich wollte zu *dir* fliehen, und nicht meiner privaten Hölle *entfliehen!* Komm gut nach Hause!"

Mit diesen Worten wollte Alma die Suite verlassen.

Geistesgegenwärtig fasste Bruno sie ziemlich heftig an den Schultern und zog sie erneut an sich. „Alma, Entschuldigung! Ich bin ein Idiot! Aber ich liebte dich vom ersten Augenblick an, an dem ich dir begegnete. Und vom ersten Augenblick an war ich auch brennend eifersüchtig auf Fernando! Nur diese verfluchte Eifersucht ist es, die mich zu einer solch blöden Frage drängte!"

Alma, die sich nach Liebe und Wärme sehnte wie eine Verdurstende nach Wasser, liess es sich gefallen, dass Bruno sie zart und leise küsste.

Nach einem leichten Abflauen dieser Gefühlsstürme planten sie die gemeinsame Flucht!

6

Fernando Gonzales tobte wie ein Berserker!

„Ist dieses Luder wirklich abgehauen? Dann gehe ich ihr nach bis ans Ende der Welt! Welche Schmach für einen Mann, gerade hier auf den Kanaren, wenn ihm seine Frau Hörner aufsetzt!"

Er hörte schon jetzt in seinem hämmernden Gehirn das heimliche und hämische Gelächter seiner sogenannten Freunde.

„Ist sie vielleicht bei diesem Bruno aus Suiza, den ich schon seit einiger Zeit zum Teufel wünsche? Gut, mit ihm und seinen Kumpanen begann eigentlich mein Aufstieg. Aber alles hat seine Grenzen. Wir leben hier in einer Kultur, wo Männer noch Männer sind! Wo wohnt dieser Lump genau, der Alma schon einige Zeit den Kopf verdreht haben muss? Ah, richtig, im ‚Ambassador'. Der Direktor dort ist allerdings nicht gerade mein Freund, weil ich ihm in den letzten Monaten den halben Speisesaal leerte!

Auch der Mann an der Rezeption ist nicht gut auf mich zu sprechen. Dieser wurde durch den Direktor eingeweiht wegen meiner Abwerbung vieler Kunden im Hotelrestaurant. Aber ich muss hin, und zwar sofort! Irgendein Zimmermädchen oder ein Kofferboy wird für ein gutes Trinkgeld gewiss plaudern!", überlegte sich Fernando mit grimmiger Entschlossenheit.

Nur alle diese dienstbaren Geister waren zuvor von Bruno Gantner schon „zum Schweigen" gebracht worden durch ein grosszügiges Bakschisch. Und der Señor aus Suiza war ein guter Gast, den man gerne bei Laune hielt. Dieser meinte bei seiner etwas überstürzten Abreise mit einer Frau: „Sollte jemand nach mir fragen, so bin ich *allein* vorzeitig wegen dringenden Geschäften heimgeflogen!"

Bruno wollte Fernando bewusst auf die falsche Fährte zum Flughafen hetzen!

Dieser biss also im Hotel auf Granit. „Señor Gantner ist frühzeitig abgereist! Nein, es war keine Frau in seiner Begleitung! Er fuhr mit einem Taxi allein zum Flughafen!", war unisono von allen dienstbaren Geistern zu hören.

„Und seine Amigos, mit denen er jedes Jahr hier Urlaub macht? Die sind vermutlich auch abgereist?"

„Sí, Señor! Und zwar mit der geplanten und gebuchten Maschine, also nicht frühzeitig wie Señor Gantner! Buenos Días!", meinte der Concierge ein wenig grinsend und herablassend. Ach wie gut dies tat, einem so aufgeblasenen Konkurrenten mal ans Bein zu pinkeln!

Auch auf dem Flughafen Teneriffa Nord von Santa Cruz wurde Fernando nicht fündig und steigerte sich in eine mittlere Raserei hinein, die bei vielen der von ihm Befragten gar nicht förderlich war. Alle wollten dieses Ekel so schnell wie möglich wieder vom Leib haben und liessen auch ohne Worte unmissverständlich durchblicken, er solle sich doch zum Teufel scheren.

„Wohin soll denn ein Señor Gantner geflogen sein? Nach Zürich? Wissen Sie eigentlich, dass wir allein hier auf dem Flughafen ‚Los Rodeos' jährlich weit über vier Millionen Passagiere abfertigen? Zudem dürfen wir Privatpersonen keine Auskunft geben! Wenden Sie sich gefälligst an die Polizei!"

Wutschnaubend rief Fernando seinem „Freund" bei der Guardia Civil an.

Die beiden blickten auf eine ziemlich „befrachtete" gemeinsame Vergangenheit zurück. Aber sein sauberer Freund wollte die Suche natürlich zunächst an die Flughafen-Polizei delegieren. Erst als Fernando drohte, die Ausschweifungen des heutigen Polizei-kommandanten mit einer Dame des horizontalen Gewerbes dessen Frau mitzuteilen, wurde dieser – stocksauer – gefügig und versprach, in einer Stunde am Flughafen einzutreffen.

Alle weiteren Nachforschungen ergaben aber nichts, rein gar nichts! Auch der Polizeichef lief ins Nichts. „In einer Stunde kann an einem Flughafen viel ge-schehen und viel umgebucht werden", meinte dieser schliesslich lakonisch zu Fernando, der aber darüber nur noch wütender wurde.

„Ein Señor Gantner ist heute in keiner der gestarte-ten Maschinen an Bord, weder nach Zürich, nach Rom, nach London oder Frankfurt! Vielleicht kommt er noch! Wir haben ihn aber heute in keiner Passagierliste im Computer. Sein reservierter Platz in der entsprechenden Charter-Maschine wurde stor-niert. Haben Sie doch Geduld, meine Herren!"

Der nicht ganz verdeckte höhnische Ton des Flugha-fen-Beamten, der sich endlich doch zu einer Aus-kunft bequemte, ärgerte die beiden noch lange. Ge-rade auch dadurch liess sich Fernandos „Freund" bei der Polizei endlich dazu bewegen und überreden, zuerst eine Vermisstenanzeige und später sogar eine Fahndung nach Alma Gonzales herauszugeben.

Aber diese kam nun wirklich um einige Stunden zu spät an die entsprechenden Stellen.

Wer dachte schon an den regen Fährenbetrieb zwischen den Kanaren oder gar zwischen verschiedenen Ländern! Die Fahndungsbilder im TV waren auch mit der „neuen" Alma nicht identisch. Zudem trug diese sich nach Vorzeigen ihres Personalausweises mit falschem Namen ein. Kein Mensch auf dem Schiff merkte dies oder wollte dies bemerken.

Wichtig ist doch, dass sich neben der unglaublichen Konkurrenz der Luftfahrt auch die Schifffahrt etwas behaupten kann.

7

Bruno und Alma sassen bei einem kühlen Drink an der Bar eines Fährschiffes mit Kurs von Santa Cruz nach Cádiz und Málaga, also Richtung Spanien. Die Firma Transmediterránea verfügt über etliche Schiffe mit vielen Zielhäfen in Spanien, Italien, ja sogar Griechenland. Wer es ganz exotisch liebt, kann auch nach Nordafrika schippern.

Alma sah völlig verändert aus, wenigstens für den flüchtigen Betrachter. Da die Passbilder meist doch eher in eine Verbrecherkartei der Polizei passen würden, fiel diese Veränderung auch bei keiner der flüchtigen und oberflächlichen Kontrollen auf. Aus tiefschwarz wurde nun goldblond mit einer ganz anderen Frisur, die allein schon die halbe Erscheinung veränderte.

Eine grosse Sonnenbrille, ein völlig neues Make-up und ein absolut anderes Outfit bewirkten ein wahres Verwandlungswunder. Schön, dass es an Bord einen Friseur und eine kleine Boutique gab! In wenigen Stunden können begabte Personen andere Leute ganz anders aussehen lassen.

Derweil tobte Fernando zu Hause herum wie ein irre Gewordener. Er entdeckte zu seinem masslosen Entsetzen, dass Alma auch mit seinem ganzen Bargeld geflüchtet war.

„Ich einfältiger Kerl", fluchte er! „Ganze 10'000 Euro hat das Luder mitlaufen lassen. Ich trug das Geld bewusst nicht zur Bank. Man weiss in der heutigen Zeit nie, ob eine Bank pleite geht. So war mir das Bargeld sicherer hier zu Hause. Woher nur wusste Alma, wo ich die Scheine versteckt hatte?"

Fernando war sich nicht ganz im Klaren, was ihn mehr schmerzte, der Verlust des Geldes oder das Verschwinden Almas. Mit diesem verlorenen Geld wurden seine künftigen Expansionspläne um einige Monate zurückgeworfen.

Sein Inneres war zutiefst gekränkt und verwundet. Er flüchtete sich in die Arbeit in einem irrsinnigen Tempo und machte damit alle seine Mitarbeiter verrückt und seine eigene Gesundheit kaputt. Dazu trieben Rachegedanken an Alma und diesen Bruno seltsame Blüten, wusste er doch nicht genau, ob die zwei miteinander geflüchtet waren oder ob seine Frau ihm einfach davongelaufen war.

„Dabei arbeite ich doch nur für sie und mich, dass wir endlich Jemand werden!"

Solche Töne hörte und hört man immer wieder, zu allen Zeiten, nur um die eigene Besessenheit und den eigenen krankhaften Ehrgeiz zu kaschieren.

„Was faselte dieser Suizo von einem russischen Schriftsteller? Wie viel Erde ein Mensch wirklich braucht oder was ähnliches? Diese versnobten Kerle hatten gut reden! Die sollten mal selbst in einer solchen Scheisse gesteckt haben wie ich in meiner Jugend!"

8

Plötzlich, eines Nachts spät, wurde Fernando mit Verdacht auf Herzinfarkt als Notfall mit Sirene und Blaulicht in eine Klinik eingeliefert. Eine Küchenhilfe, die die Chance ihres Lebens sah und sich deshalb rührend um Fernando kümmerte, fand ihn stöhnend vor Schmerz in seinem Bett. Die ursprünglichen Beweggründe ihres nächtlichen Besuchs in seinem Schlafgemach waren vermutlich anderer Art.

Der Herzspezialist an der Intensivstation des Krankenhauses meinte: „Herr Gonzales, Sie haben nochmals unverschämtes Glück gehabt. Es war ein ziemlich starker Herzinfarkt, der gerade noch in letzter Minute gemeldet wurde. Aber ich rate dringend, leiser zu treten, sonst werden Sie eines Tages nicht mehr zu uns eingeliefert, sondern direkt ins Leichenhaus und von dort zum Friedhof! Überlegen Sie sich ernsthaft ihre Zukunft, ob sich das alles lohnt! Denn dort auf dem Friedhof kann niemand mehr expandieren. Dort genügt für jeden ein Quadratmeter!"

„Auch so ein Klugscheisser, der im Geld seiner Patienten ertrinkt", dachte Fernando bösartig, kaum von den Maschinen und Schläuchen befreit.

Als er nach ein paar Tagen wieder entlassen wurde mit dem Rat, zur Rekonvaleszenz einige Wochen auszusetzen, dachte er verbissen: „Alle faseln da etwas von diesem russischen Märchenschreiber, der einmal gesagt haben soll, dass der Mensch am Ende nur sehr wenig Platz braucht. Wie war doch gleich sein Name? Ach, ist doch egal!

Ich brauche *jetzt* mehr und viel Platz für mein Leben! Und was nachher kommt? Nun, das wissen ja wohl auch die Pfaffen nicht genau!"

Fernando machte sich in der Folge in wenigen stillen Augenblicken, die ihm bei all der hektischen Betriebsamkeit verblieben, doch ab und zu ganz ungewollt ernsthafte Gedanken über seine Gesundheit und seine Zukunft. Aber wieder in „seiner alten Tretmühle" steckend, war die Warnung des Arztes bald in den Wind geschlagen.

Mit Unmengen von Zigaretten, Kaffee und doppelten oder dreifachen Carlos Primeros hielt er sich einigermassen auf den Beinen und bei Laune.

9

Der Fährbetrieb ist heutzutage relativ komfortabel und auch schnell, aber natürlich nie zu vergleichen mit Flugreisen. Hingegen, so glaubte jedenfalls Bruno, viel diskreter für Leute, die sich etwas bedeckt halten wollen.

Er und seine Alma buchten nach der Ankunft in Malaga einen Flug nach Zürich. Von dort reisten sie weiter nach Bern, seinem neuen Wohnort.

„Sollten Nachforschungen im Hotel ‚Ambassador' in Santa Cruz erfolgt sein, so ist meine Situation geradezu komfortabel. Erst kürzlich bin ich nach Bern umgezogen. Und in ‚meinem' Hotel auf Teneriffa, in dem ich seit Jahren in den Ferien weile, figurierte ich aber immer noch unter der alten Anschrift!"

Nur, im Computer-Zeitalter, mit Europol oder Interpol, ist es ein Kinderspiel, eine neue Adresse in Sekundenschnelle zu eruieren. Für private Nachforschungen würde es aber schon etwas schwieriger sein. Bruno konnte ja nicht wissen, dass Fernando sehr gute Kontakte zum Polizeichef von Santa Cruz, dem Guardia-Civil-Boss, Don Anselmo Barriga, pflegte.

Aber Alma wusste um diese sonderbare „Freundschaft". Sie fühlte sich in dieser neuen, für sie zwar wunderschönen Stadt und deren Umgebung wie in einem Paradies, aber auch immer mit geheimer Angst erfüllt wie ein verschüchtertes Reh.

Die beiden schlenderten gemächlich unter den Lauben, den berühmten und beliebten Bogengängen in der Berner Altstadt. Dort konnte man selbst bei strömendem Regen trockenen Fusses einen Schaufensterbummel geniessen. Bern ist die stolze Hauptstadt der Schweiz. Die Altstadt, die von einem grossen Aarebogen umarmt wird, zählt zum UNESCO-Weltkulturerbe. Im Jahre 1191 gegründet, sieht die nicht allzu grosse Stadt auf eine grosse Vergangenheit zurück.

Die pittoresken Brunnenfiguren aus dem sechzehnten Jahrhundert, die vielen Sandsteinbauten der alten Bürgerhäuser sind alle gut erhalten und gepflegt. Stolz thronen das Bundeshaus, das zugleich Sitz des Parlamentes ist, das Münster, die Nationalbank und natürlich auch ein Luxushotel der Sonderklasse über der Stadt, wenn man diese vom Ufer der Aare aus betrachtet.

Zürich ist zwar das Finanzzentrum und figuriert sogar unter den zehn grössten Finanzplätzen der Welt. Selbst in Krisenzeiten werden dort allein an der Börse auch bei flauem Handel täglich um die fünf Milliarden hin und hergeschoben. In Basel sitzen die Chemiegiganten, und Genf ist mit dem Sitz des Völkerbundes, unzähligen UNO-Organisationen und dem Weltsitz des Roten Kreuzes eine sehr internationale Metropole.

Aber Bern ist die altehrwürdige Hauptstadt. Vielleicht nicht weltbekannt, aber was soll's? Wie sagen da die Bayern? „Wir san wir!" Und so ähnlich ticken die Berner.

Bruno und Alma schmiedeten viele Pläne für die Zukunft. Sie blickten in die verlockenden Auslagen renommierter Boutiquen, waren aber in Gedanken ganz woanders.

„Rechtlich bin ich ja immer noch verheiratet mit Fernando", flüsterte Alma trübselig.

„Und wenn wir von hier aus deine Scheidung in Santa Cruz einleiten, so wiehert der Amtsschimmel bestimmt!", fügte Bruno hinzu.

„Für eine Scheidung und eine erneute Vermählung wird dein Pass nicht genügen. Du müsstest in Santa Cruz weitere Papiere und Unterlagen anfordern.

Vergiss nicht, Bern ist schon für das ganze Land eine Beamtenstadt, aber auch für seine Bürger und Einwohner! Mit allen diesen Beschaffungsaktionen läge dein jetziger Aufenthalt auf dem Präsentierteller und damit in Reichweite der Rache deines verrückten Fernando!"

„Also zuwarten? Wir können auch so zusammen leben! Nur: Deine Aufenthaltsbewilligung wird eines Tages ablaufen!", konstatierte Bruno zerknirscht. Weisst du was? „Wir suchen uns einen gewieften Anwalt und schildern ihm unsere Situation. Mir ist erst richtig wohl, wenn du von deinem Idioten geschieden bist!"

„Das ist für Fernando nur eine Formsache! Trotz Scheidung wäre ich für ihn immer noch seine ihm angetraute Frau!", erklärte Alma, erneut niedergeschlagen von trüben Gedanken.

„Warum, ist er so gut katholisch?"

„Im Gegenteil, er ist Atheist! Aber auch ein äusserst verletzter und gedemütigter Mann!"

„Wir leben doch im einundzwanzigsten Jahrhundert", erwiderte Bruno verwundert.

„Er nicht! Er lebt in den alten Traditionen!"

„Und will mit so einem neuen Weltbild eine internationale Kette aufbauen? Ist dieser Mann etwa schizophren?"

„Ich weiss es nicht! Ich kenne und erkenne ihn seit einiger Zeit nicht mehr!", klagte Alma.

10

Nicht nur Opus Dei, Mafiosi aller Couleur von Neapel bis China, alte Kommunisten, religiöse Fundamentalisten, Neonazis oder auch Geheimbünde aller Art träumen immer wieder von der Weltherrschaft. Das ist eigentlich seit Menschengedenken so.

Im Altertum, bei Alexander dem Grossen, bei den Ägyptern, bei Dschingis Khan, bei den Hunnen, im Römischen Imperium, beim spanischen und portugiesischen Weltreich, bei Napoleon, beim britischen Imperium, bei Hitler und Stalin … Die Liste lässt sich unendlich fortsetzen.

Nicht gerade das Erlangen der Weltherrschaft, aber nach Reichtum, Macht, Ruhm, Ehre, nur heraus aus der grauen Masse, davon träumt vermutlich auch ein Grossteil der Menschen, sicher sogar auch in den Slums von São Paulo und Kalkutta.

Die Überflutung durch die Medien, die manchmal einem Tsunami ähnelt, fördert dies und weckt Gelüste zuhauf. Was soll's, wenn dabei auch von vielen bemerkt wird, dass vieles unrealistisch ist.

Hinzu kommt das sogenannte Klischee-Denken der meisten Menschen.

Was denkt ein Mensch zum Beispiel über die Schweiz, wenn er diesen Namen überhaupt schon mal gehört hat? Berge, blaue Seen, grossartige Landschaften, Jodeln, Uhren, Schokolade, Banken! Jeder zweite Krimi beschreibt Schwarzgeldanlagen in der Schweiz! Und das Volk? Abgeschottet und knorrig, etwas misstrauisch gegenüber allem Neuen, bieder und dadurch langweilig; aber sauber und pünktlich. Ist das heute die Schweiz?

Oder Frankreich? Napoleon, Spitzenweine, Champagner, Paris, die Stadt der Liebe mit dem Eifelturm, vielleicht noch die Schlösser an der Loire und Lavendel in der Provence. Ist das Frankreich?

Deutschland? Natürlich die Berliner Mauer, die gefallen ist, Fussball, Bier, Wurst. Vielleicht sogar Schiller, Goethe und Beethoven. Und natürlich tolle Autos. Ist das Deutschland?

Klischees überall. Solche tragen gewiss einen Kern Wahrheit in sich und sind im Verlauf der Zeit entstanden. Aber diese Klischees treffen heute vielleicht noch auf einige wenige Prozent der Leute und das Land zu.

Auch Fernando Gonzales in Santa Cruz auf der Insel Teneriffa träumte! Von einer internationalen Restaurant-Kette mit kanarischen Spezialitäten; und er träumte von der Stillung seines Hasses auf Alma und Bruno!

Inzwischen war er sicher, dass die beiden miteinander abgehauen waren. Sein Polizeifreund und inzwischen Chef der Guardia Civil von Santa Cruz, Anselmo Barriga, fand nach etlichen Recherchen heraus, dass diese mit einer Fähre zum spanischen Festland geflüchtet waren. Dort verlor sich ihre Spur, aber sicher nur vorläufig.

Alles war sehr schmerzhaft für Fernando. Aber ohne diesen Schmerz wollte er eigentlich gar nicht mehr leben! Dieser war zu einem Bestandteil seines Lebens geworden, ebenso wie sein Hass und das Träumen nach einer Rache sondergleichen.

„Sobald ich den Aufenthaltsort der beiden kenne, reise ich ihnen nach und bringe sie um!", schwor er sich nahezu feierlich.

„Der elende Hund Bruno Gantner und meine treulose Schlampe Alma werden gewiss nicht ausgerechnet nach Neuseeland oder nach Chile abgehauen sein!"

11

Interessant, Chile war wirklich eine der Optionen, die sich Bruno und Alma für ihre Zukunft erträumten. Brunos Eltern wurde schon vor einiger Zeit die Schweiz einfach zu klein und zu eng.

Eines Tages, als Bruno selbständig war und einen guten Job innehatte, reisten Helga und Hans Gantner tatsächlich in dieses besondere und vielseitige Land. Sie lebten in relativer Nähe der riesigen Metropole Santiago de Chile, also nicht direkt in der Stadt.

Dort herrschten eine oft grauenhafte Luftverschmutzung und ein Smog, der rundherum von hohen Bergen eingekesselt war und kaum abzog. Also nichts für Auswanderer mit etwas Vermögen. Hans und Helga standen im steten Kontakt mit ihrem einzigen Sohn, und sie kamen auch immer, entweder im Sommer oder dann zu Weihnachten, vielleicht doch ein wenig von Heimweh getrieben, für zwei oder drei Wochen in die Schweiz.

„Chile!? Immerhin: Man spricht dort Spanisch!", meinte Alma.

Ein besonderes Land mit besonderen Gegebenheiten! Es erstreckt sich doch tatsächlich über 4000 Kilometer Länge. Dies entspricht auf Europa und Afrika übertragen einer Strecke von Dänemark bis in die Sahara.

Alle klimatischen Verhältnisse, alle Vegetationszonen sind dort zu finden. Von trockener Wüste, in der oft jahrelang kein Regen fällt, zu Schnee und Eis auf den höchsten Berggipfeln. Erloschene Vulkane mit sagenhaften 6.893 Metern über Meer, und dann wieder Regenwälder im Süden sowie Moorlandschaften. Von Eis und Schnee bis in die Tropen. Von Äpfeln bis zu Bananen, einfach alles ist dort zu erleben und anzutreffen.

„Alma, wenn alle Stricke reissen, so hauen wir ab in jenen für viele vergessenen Winkel der Welt. Aber so weit ist es noch nicht. Ich würde vermutlich bald unter Heimweh leiden. Ich weiss, das klingt blöd. Aber es genügt doch, wenn du bereits Heimweh empfindest nach den Kanaren!"

Alma gab dies natürlich niemals zu. Inzwischen kannte Bruno aber seine grosse Liebe so gut, dass er auch ohne Worte merkte, wie in ihr ganz unterschwellig etwas bohrte, was man als Heimweh definiert.

Nicht nur die immer lachende Sonne und der Ozean und dessen Brandung fehlten, sondern sogar die speziellen „Gerüche" und das ganze Ambiente des Südens. Es würde vielleicht noch mehr in Alma bohren, wenn nicht die Angst vor ihrem Tyrannen Fernando allgegenwärtig wäre.

Dieser hatte auf alle Briefe eines Genfer Anwalts für eine gütliche Scheidung überhaupt nicht reagiert sowie jegliche telefonische Anfragen kategorisch abgelehnt. Alma beauftragte auf Anraten Brunos nicht einen Anwalt aus Bern, damit ihr Wohnort geheim bleiben sollte.

Eigentlich waren dies lächerliche Bemühungen, denn inzwischen hatte die spanische Polizei via Einwohnermeldeamt und Fremdenpolizei in der Schweiz die Adresse der beiden längst erfasst.

12

Das Karussell begann sich zu drehen, schneller und schneller! Denn Fernando Gonzales reiste nach Bern!

„Ich will Alma zunächst an einer ihrer empfindlichsten Stelle treffen, nämlich an ihrem frommen Glauben an Gott und dadurch nach katholischer Auffassung an die Unauflösbarkeit der Ehe erinnern!"

Er selbst war Atheist. Damit war früher, als beide noch gemächlich ihre sehr bescheidene Pension betrieben, unendlicher Gesprächsstoff gegeben. Alma wollte ihn immer wieder vom ihrer Ansicht nach grossen Irrtum seiner Weltanschauung abbringen.

„Fernando, ist es nicht interessant, dass auch Atheisten glauben ‚müssen', es gäbe keinen Gott und kein Weiterleben nach dem Tod? Auch diese haben keinerlei Beweise, dass ihre Theorie stimmt! Im Gegenteil, kommen sie in Not, werden sie erschüttert durch irgendwelche tragische Ereignisse oder erleben sie im Gegenteil höchstes Glücksgefühl, so hört man aus solcher Mund die ganze Begriffspalette zwischen Himmel und Hölle!

Dramatische Erlebnisse erzeugen dann Begriffe wie ‚höllisch, satanisch, infernalisch'! Auch der letzte Schrei solcher Leute im Angesicht des Todes lautet dann oft: ‚Oh mein Gott'! Warum denn, Fernando? Ist dies alles ein Überbleibsel einer falschen Erziehung oder gar früherer religiöser Indoktrination? Oder ist es dann nicht die bange Frage: Gibt es doch ein Nachher? Ist es einfach die bodenlose Angst vor dem Nichts und einer ewigen Nacht? Diese Frage muss sich jeder selbst stellen und beantworten, wenn er seinen letzten Atem aushaucht. Haben sich wirklich durch all die Jahrtausende Milliarden von Menschen einfach einem simplen Trugschluss hingegeben?"

„Interessant", brummte Fernando auf seinem Flug nach Zürich, „dass ich mich an diese Diskussionen jetzt wieder fast wörtlich erinnere! Ist es doch eine verschüttete Liebe zu Alma oder ist es Eifersucht oder gar der blinde Hass auf sie, was mich in letzter Zeit innerlich zerfrisst?"

Es war Fernandos erster Flug, und er durchlitt Höllenqualen in dieser engen Metallröhre. „Ebenfalls interessant", dachte er noch mühsam, „jetzt verwende auch ich wieder so eine Wortschöpfung im Zusammenhang mit Hölle, an die ich gar nicht glaube!"

Auch der dritte Whisky half ihm nicht aus seiner Angst vor dem Fliegen. Bei jedem ihm unbekannten Geräusch zuckte er zusammen. Und beim ersten Flug sind wohl alle Geräusche unheimlich und unbekannt! Aber da war noch etwas mehr! Es wurde ihm speiübel, und diese nie zuvor erlebte Angst und Bangigkeit, sein Herzrasen konnten doch nicht allein von der Flugangst herrühren?!

Sein Gesicht wurde kreidebleich und seine Handinnenflächen waren schweissnass. Plötzlich schoss ein wahnsinnig stechender Schmerz von seiner linken Brustseite bis in den Arm. Ein röchelndes Stöhnen liess seine Sitznachbarn und auch die Stewardess aufschrecken. Krampfhaftes Zucken durchlief Fernandos Körper, während die Stewardess gehetzt ins Cockpit eilte.

Der Kapitän liess kurz darauf durch den Bordlautsprecher anfragen, ob ein Arzt mit an Bord sei. „Keine Sorge, meine Damen und Herren. Es ist nur einem Passagier etwas unwohl geworden!", tönte die etwas metallene Stimme des Piloten. Glücklicherweise meldete sich ein Mediziner, leider aber ohne Arztkoffer, ohne Instrumente und ohne jegliche Injektionsmittel und starke Medikamente. Doktor Hauser kehrte als Tourist aus dem Urlaub von Teneriffa nach Hause zurück.

Nach einem kurzen Check stellte Hauser, leise zur Stewardess gewandt, fest: „Der Mann ist vermutlich einem Herzinfarkt erlegen und soeben verstorben! Exitus! Dies kann sicher nicht der erste Anfall dieser Art gewesen sein, dass hier so schnell der Tod eingetreten ist!"

Diskret wurden die Sitznachbarn umverteilt und notdürftig eine Decke über Fernando gelegt. Neugierigen Blicken und unausgesprochene Fragen wichen Stewardess und Arzt aus. Der Kapitän forderte über Funk im Flughafen Zürich eine Notfallequipe mit Krankenwagen und die Flughafenpolizei an.

„Wir haben vermutlich einen soeben Verstorbenen an Bord, der am besten unauffällig nach der Landung und nach dem Verlassen aller Passagiere aus dem Flugzeug in ein Krankenhaus überführt werden soll!", meldete er an den Tower des Flughafens.

Im Universitätsspital Zürich stellte man amtlich fest, dass der Tod tatsächlich durch einen starken Herzinfarkt eingetreten war und verfügte sicherheitshalber eine Obduktion der Leiche.

Da keine Angehörigen von Fernando Gonzales auffindbar waren, wollte man nach dem Formularkrieg und dem Obduktionsbericht die sterblichen Überreste so schnell wie möglich nach Santa Cruz auf Teneriffa in einem Zinksarg zurückbringen lassen.

„Keine Kinder, keine Verwandten, Ehefrau verschwunden, keine näheren Freunde, Mensch, das ist ja schon superkomisch!", meinte nach diversen Telefongesprächen mit den Behörden in Santa Cruz und der spanischen Botschaft in Bern der zuständige Beamte der Zürcher Polizeiorgane. Für uns ist der Fall erledigt, und die Kosten für alles trägt wieder einmal der Staat, also wir, die Bürger. Eine weitere gute Ausrede gegen eine Lohnerhöhung.

13

Durch die Papiere des Toten und nach nochmaliger Rücksprache mit den Polizeibehörden in Madrid und auf Teneriffa wurde dann Alma Gonzales doch ausfindig gemacht. Sie und Bruno Gantner, bei dem Alma wohnte, bekamen die Aufforderung, sich so schnell wie möglich im Universitätsspital Zürich einzufinden.

Alma musste die Leiche ihres Mannes identifizieren und sich den Behörden für weitere Auskünfte oder Befragungen zur Verfügung halten. Immerhin war sie ja die Ehefrau des Verstorbenen. Ein Verbrechen konnte ausgeschlossen werden. Trotzdem wurden beide vermutlich mit Argusaugen „überwacht".

„Für Alma erübrigt sich jetzt eine Scheidung!", war einer der nächsten Gedanken Brunos. „Durch den Herztod ihres sauberen Gemahls wurde vermutlich auch ein geplanter Mord oder aber zumindest eine Entführung verhindert!", war der nächste logische Gedankengang.

„Oder wollte Fernando vielleicht sogar mich lynchen? Wer weiss, was in diesem kranken Hirn vorging!"

„Jetzt reicht für ihn ein Quadratmeter! Tolstoj hat einfach immer recht mit seiner alten Geschichte ‚Wie viel Erde braucht der Mensch?'"

„Wir müssen uns mit den Behörden ebenfalls um die Rückschaffung der Leiche kümmern und auch um eine schlichte Beerdigung in Santa Cruz! Da entsteht für uns ein Dutzend Mal mehr Papierkram als bei der geplanten Scheidung", meinte Bruno ziemlich konsterniert zu Alma.

Diese erwachte aus ihren Gedanken mit der Frage: „Was meinst du?"

„Ach nichts, Liebling, wir reden später darüber!"

Und ganz für sich sinnierte er weiter: „Fernando hat keine unmittelbaren Verwandten mehr. Eine Kremation hier in Zürich und hernach eine Überführung der Urne nach den Kanaren wäre bedeutend kostengünstiger und einfacher! Man könnte vielleicht Schwierigkeiten in Santa Cruz bei Fernandos Freundeskreis bekommen. Auf dem Papier sind dort wohl alle katholisch. Und auf den Inseln ist selbst heute noch eine Feuerbestattung vermutlich nicht gerne gesehen."

Alma meinte nach ganz offen gestellten diesbezüglichen Fragen an sie dazu: „Was soll's! Wir sind dort sowieso nicht mehr gern gesehen!"

Manuel war erstaunt über den Mut, den Alma plötzlich zeigte. Oder war es Trotz?

14

Gut zehn Tage später führte der katholische Geistliche auf dem Friedhof von Santa Cruz die Rituale am Grab kurz und kühl und wohl auch widerwillig durch. Der „Bruder im Herrn Fernando Gonzales" war seltenster Gast in der Kirche gewesen, und seine ungetreue Frau hatte doch tatsächlich die Stirn gehabt, auf eine Totenmesse in der Kirche zu verzichten.

„Reut dieses ‚Miststück' wohl das Geld für eine würdige Messe? Sie war doch vor dem Davonlaufen vor ihrem Mann eine treue Kirchgängerin! Da sieht man mal wieder, wie weit man fallen kann, wenn das Sakrament der Ehe nicht hochgehalten wird!" Das dachte sich insgeheim der Geistliche und noch viel mehr dazu!

Hinzu kam, dass dieser Priester vermutlich völlig überfordert war, eine Urnenbeisetzung durchzuführen, anstatt eine „anständigen" Beerdigungszeremonie mit Sarg, Blumen und allem, was da an Ministranten, Gewändern, Weihrauch, Fahnen und Kreuzen dazugehört.

„Einfach unverschämt, wie die Leute heutzutage fremde Unsitten auf unsere Insel bringen", dachte er empört. Gewiss, er wusste, dass durch die Kirche seit 1963 ein Verbot der Feuerbestattung aufgehoben wurde. Es sei dies keine Verleugnung mehr der Auferstehung der Toten, wie dies früher angesehen wurde.

„Für mich aber ist dies nach wie vor ein Sakrileg", konstatierte er verbittert und beendete die Liturgie und die sehr kurze Ansprache mit einem Zitat, das wohl auf den Kanaren noch nie bei einer Trauerfeier ausgesprochen wurde:

„Wie sagte doch Tolstoj, der russische Dichter?", meinte er säuerlich. „Wie viel Erde braucht der Mensch?"

„Hier sehen wir ganz abstrakt, dass ein Mensch ohne eine würdige Erdbestattung in geheiligter Erde sogar gar keine Erde bräuchte! Was also bringt alles Streben nach Erfolg, Grösse und Macht?" Und etwas versöhnlicher, oder dann notgedrungen: „Möge unser Bruder Fernando trotzdem in Frieden ruhen!"

Ganz verdutzt, ja sogar etwas erschrocken, blickten sich Bruno und Alma bei diesen Worten einen Moment an. „Weiss dieser Schwarzberockte mehr als er zugibt?", fragte Bruno leise.

Alma meinte: „Vergiss nicht: Er ist ein Mann Gottes!"

„Gott weiss alles, ja!" murrte Bruno. „Aber seine sogenannten Helfer hienieden Gott sei Dank nicht!"

Während der kurzen Zeremonie auf dem Friedhof begegneten Alma und auch Bruno von den wenigen Teilnehmern nur finstere Blicke aus verschlossenen Gesichtern. Das ist bei den Inselbewohnern zwar nicht unbedingt fremd. Aber hier und jetzt war dies nahezu zum Greifen und beklemmte das Herz. Selbst als Alma die Leute zum Gedenken an Fernando zu einem Trunk in sein Restaurant einlud, verharrten die meisten regungslos und grusslos bei der ihnen artfremden kleinen Grube mit der für sie ebenso artfremden Urne.

Dieses Schweigen sagte mehr als tausend böse Worte!

Später, im Restaurant, als Bruno und Alma ihren Gedanken nachhängend und nachdenklich ihr Glas rubinroten und erdig-fruchtigen Wein in der Hand hielten, trudelten aber doch einige der zuvor Geladenen herein. Die Verheissung auf einen Gratistrunk war offenbar doch grösser als der Frust und das Misstrauen.

„Vielleicht erfährt man nach einigen Gläsern, wenn die Zungen lockerer wurden, doch auch noch einiges über das so plötzliche Ableben Fernandos!", dachten sich die meisten.

Und wer war denn da auch noch mit dabei zum allgemeinen Erstaunen? Der Priester!

Bruno konnte nicht umhin, diesen nach dem zweiten Glas zu fragen: „Lesen Sie gerne Tolstoj, Hochwürden?"

Der Mann war vielleicht in einer Jesuitenschule gewesen. Jedenfalls gar nicht überrascht oder auf den Kopf gefallen, erwiderte er schlagfertig: „Russland hat grossartige Dichter und Denker hervorgebracht! Gerade unter der Knute der Zaren oder später sogar auch unter den Kommunisten wurden Gedanken reif, die in einer übersättigten Gesellschaft nie geboren worden wären!"

Und zu Alma gewandt meinte er, blitzschnell das Thema wechselnd: „Gedenken Sie, die Restaurants weiterzuführen und das Erbe Ihres Mannes anzunehmen. Oder wollen Sie verkaufen?"

„So schnell im Denken wie Sie sind wir nicht, Hochwürden", erwiderte Alma, nun doch etwas pikiert über dieses pietätlose Vorpreschen des Geistlichen.

Bruno flüsterte ihr später hinter der Theke ins Ohr: „Der hofft doch, dass du den ganzen Laden an die Kirche vermachst! Dieses Vorgehen durch bald einmal zwei Jahrtausende macht doch diesen Verein zum grössten Landbesitzer der Welt!"

„Es genügt mir, wenn mein Mann Atheist war!", meinte Anna, über so manches in diesen Tagen sehr enttäuscht, ja sogar wirklich erschüttert. „Bist auch du ein Gottesleugner?"

„Ich bin Agnostiker, Alma!", erklärte Bruno. Darüber wollen wir einmal sprechen, wenn wir Musse und Zeit haben. Hier ist ein grosser Unterschied zum Atheismus! Die Antwort auf die wohl millionenfach gestellte Frage ‚Gibt es Gott oder nicht?', die lautet bei mir: ‚Ich weiss es nicht', oder ‚Es ist nicht geklärt'!"

„Ja, ich weiss, viele Religionen und deren Führer haben versagt! Aber daraus zu schliessen, dass *alles* nichts taugt, ist doch zu simpel! Hoffentlich finden wir überhaupt mal Musse, darüber und auch über vieles andere zu sprechen.

Vergiss nicht meinen Namen, Liebster! Alma heisst in deutscher Übersetzung Seele! Und ich wünsche mir sehnlich, dass auch du entdeckst, dass ich eine Seele habe und eine Seele bin!"

15

Eine Überraschung löste die andere ab!

Die erste: Fernando Gonzales hinterliess wider allen Erwartungen ein Testament! Fühlte er, dass es mit ihm zu Ende gehen könnte? Er hinterlegte seinen handschriftlich verfassten letzten Willen bei einem Rechtsanwalt in Santa Cruz und dies dem Datum nach zu schliessen kurz nachdem Alma ihn verlassen hatte.

Die nächste grosse Überraschung: Bei der Testamentseröffnung erschien nebst Alma ein bisher unbekannter sogenannter Stiefbruder Fernandos, namens Edmundo Gonzales, der aus erster Ehe seines Vaters abstammen sollte. Entsprechende Papiere dokumentierten dies.

„Aber Papiere kann man fälschen", sinnierte Alma, die von Fernando nie ein Wort über einen Halbbruder gehört hatte. Der Rechtsanwalt liess Alma und diesen Edmundo in sein etwas protziges Büro eintreten, das effektvoll mit Hunderten von Büchern vom Boden bis zur Decke ausgestattet war. Seine Handbewegung, um Platz zu nehmen, erfolgte mit richtiger spanischer Grandezza. Diese Grandezza verflog für die beiden Erbberechtigten augenblicklich, als diese sich auf die niedrigen Stühle vor dem Pult des Testamentvollstreckers niederliessen. Sie kamen sich gegenüber dem „Thron" des Anwalts klein und nichtig vor und mussten notgedrungen zu ihm aufblicken. Dies ist freilich ein alter psychologischer Trick, der Ehrfurcht hervorrufen soll.

Aber Alma ärgerte sich zweimal. Einmal über das plötzliche Auftauchen eines sogenannten Schwagers und dann auch über die für manchen effektvolle Möblierung und Bestuhlung.

Zudem wurde sie richtiggehend wütend, als der wie ein Don oder eher wie ein Konquistador auftretende Notar und Anwalt zuvor herablassend zu Bruno, der auch ins Büro eintreten wollte, meinte: „Nein, Señor Ganter, Sie leider nicht. Sie sind nicht verwandt mit dem Verstorbenen!"

Und die weitere wirklich riesige Überraschung? Auch der ehrwürdige Priester, der eine so „grossartige" Trauerfeier zelebrierte, war zur Testamentseröffnung geladen und stürmte im letzten Augenblick mit fliegender Soutane in die Kanzlei.

Da konnte logischerweise die letzte Überraschung nicht mehr lange auf sich warten lassen!

Alma wurde auf das gesetzlich festgelegte kleine Pflichtteil gesetzt, also de facto enterbt. Der aus der Versenkung aufgetauchte Stiefbruder Edmundo Gonzales erbte die Hälfte der beiden Pensionen und Gaststätten und der bereits erworbenen weiteren drei Grundstücke auf den Kanarischen Inseln.

Was dem Fass den Boden ausschlug oder dieses überlaufen liess: Die Kirche erhielt die andere Hälfte des Vermögens zugesprochen.

„Und dies ausgerechnet von Fernando, der vermutlich seit seiner Hochzeit nie mehr eine Kirche von innen gesehen hat!", murmelte, nein, zischte Alma.

„Nun, das war's dann wohl!", meinte sie nach diesen „Offenbarungen" zu Bruno, der unruhig draussen auf dem Flur auf und ab marschierte.

Noch nicht ganz! Denn gegen Alma wurde noch ein Strafverfahren wegen Diebstahl gegen Fernando über den Betrag von 10'000 Euro eröffnet.

Genüsslich teilte dies Anselmo Barriga, Fernandos alter Freund und Polizeichef von Santa Cruz, nach der Testamentseröffnung in seinem weit weniger protzigen Büro mit, ebenfalls aber mit herablassender Miene und richtiger Schadenfreude.

„Jetzt ist es genug!" So wütend sah Bruno seine Alma noch nie! Aber gerade diese Wut machte sie in seinen Augen noch attraktiver und begehrenswerter.

Beruhigend meinte er: „Alma, jetzt kommen wir zum Zug! Wir beauftragen einen Staranwalt, der diese Strafanzeige wegen Diebstahl zerpflückt und als lächerlich hinstellt. Das war und ist gemeinsam erworbenes Geld. Dieser soll auch dieses hinterhältige Testament anfechten. Schliesslich hast du dich während Jahren halb tot gekrampft in den Unternehmungen deines Ex! Dich auf das Pflichtteil zu setzen, nur weil du dem Tyrannen davongelaufen bist, ist gesetzlich nicht tragbar."

„Dafür brauchen wir natürlich einen Atheisten oder zumindest einen Agnostiker! Schon wegen der erbberechtigten Kirche", lächelte Alma leise zurück, schon wieder etwas ruhiger geworden.

„Aber täusche dich nicht, mein Lieber, hier auf den Inseln ticken die Leute anders! Und hier werden Gesetze anders ausgelegt! Auch ein Staranwalt will leben und weiterhin Mandate und Mandanten haben!

16

Der Geistliche und der neu aufgetauchte sogenannte Stiefbruder gerieten sich bald in die Haare. Die Teilung des Erbes war nämlich im Detail nicht geregelt. Der von Fernando Gonzales beauftragte Rechtsanwalt für die Testamentsvollstreckung war vermutlich nicht so ein helles Licht, wie sein protziges Büro zunächst vermuten liess, sonst müsste er diese Mängel bemerkt haben.

Die „Mutter Kirche" wollte am liebsten ausbezahlt werden. Was sollte sie denn mit Restaurants? Und zudem sind die Grundstückspreise im Fallen begriffen. Darauf neue Kirchen zu bauen war auch nicht mehr nötig. Es genügte, wenn in den bestehenden alten Gotteshäusern leider oft nur noch alte Mütterlein der Messe beiwohnten und die Beichte ablegten. Und die steten Renovationen der sehr alten Prunkbauten verschlingen Jahr für Jahr ein Vermögen. Natürlich zahlt der Staat manches, vor allem wenn es um Baudenkmäler und alte Kulturstätten geht, aber doch nicht alles. Die Kirche braucht also Geld und nochmals Geld.

Der Stiefbruder Edmundo wollte unbedingt die Gastronomie weiterführen und ausbauen, besass aber weder für das eine noch das andere Geld. Und die Banken klemmten mit Krediten.

„Witterten diese Bankenbosse bereits ein lukratives Geschäft für sich, indem sie alles zu einem Pappenstiel aufkaufen wollten?", fragte sich Edmundo. Ob sich die Geistlichkeit ähnliche Gedanken machte?

„Dieses ganze Affentheater machen wir nicht mehr länger mit!", polterte Bruno eines Tages drauflos. Diese Streiterei kann Jahre dauern, und Anwaltskosten eine Unmenge Geld verschlingen. Er wollte so schnell wie möglich mit Alma ein weiteres Mal abhauen aus Teneriffa. Diesmal nicht mehr heimlich mit einer Fähre, sondern als stolz gebliebene Verlierer, die sich nicht darum kümmerten, wegen ein paar Euros den Kopf hängen zu lassen. „Obschon ganz ehrlich: Schade ist es allemal um diese Geldmittel!", meinte er resigniert. „Denken wir doch auch hier an Tolstoj!" ‚Wie viel Erde braucht der Mensch?'"

Aber da kam eine weitere Katastrophe hinzu, die beide in sofortige Untersuchungshaft als Hauptverdächtigte katapultierte. Der aus dem Nichts so plötzlich aufgetauchte Stiefbruder wurde ermordet und erstochen im Zimmer seines schäbigen Hotels aufgefunden. Er lag in einer Lache Blut am Boden eines schmuddeligen Teppichs. Das Messer steckte noch bis zum Griff in seinem Rücken. Die Polizei konstatierte einen einzigen gezielten Stich mitten ins Herz, und zwar von hinten ausgeführt. Der Tod kam also heimtückisch und überraschend.

„Das muss ein Könner gewesen sein!", meinte der Polizeiarzt. „Ein solcher Mörder hat vermutlich nicht das erste Mal zugestochen! Wenn ihr nach meiner Meinung fragt, dann war dies nicht ein Amateur, sondern ein Vollprofi!"

„Deine Meinung, Doktor, interessiert uns im Moment nicht!", meinte der herbeigerufene Chef der Guardia Civil. „Wir warten den Obduktionsbericht ab!" Es passte eigentlich gerne ins Konzept von Anselmo Barrigo, Bruno und Alma weiter in Untersuchungshaft schmoren zu lassen.

Die Spurensicherung fand nichts Relevantes. Nicht mal am Messergriff waren Fingerabdrücke. Das sehr zwielichtige und sehr internationale Personal des Hotels sah und hörte natürlich nichts und wusste auch nichts. Praktisch niemand sprach spanisch, wenigstens offiziell nicht. Und DNA-Proben konnte man schliesslich vom Personal, aber nicht von der ganzen Bevölkerung sicherstellen.

Erst als den Mitarbeitern dieses heruntergekommenen Hotels gedroht wurde, ihre Aufenthaltsbewilligung zu überprüfen, wurden einige stockend etwas gesprächiger. Sie wollten einfach nicht zurück nach Moldawien, nach Pakistan oder nach Mexico abgeschoben werden. Gerade in Mexico spricht man doch auch spanisch, oder nicht? Jetzt erinnerten sich doch einige dienstbare Geister wieder an etwas, wenn natürlich auch nur vage und bruchstückweise. Und der Direktor dieses Etablissements? War in den Urlaub verreist mit unbekanntem Ziel! Und der Besitzer dieser Bude? Lebt im Libanon!

„Die Globalisierung hat vermutlich mehr Nachteile als Vorteile. Caramba!", fluchten die ermittelnden Beamten. Immerhin: Weder Bruno noch Alma und natürlich schon gar nicht ein Mitglied des Klerus gerieten in wirklich schweren Verdacht. Alle wiesen ein stichhaltiges Alibi für die ungefähre Tatzeit auf.

Aber da war doch so um Mitternacht der berühmte unbekannte Mann, schwarz und mittelgross, unscheinbares Gesicht, kurz gesehen worden, wie er fluchtartig das Hotel verliess, als wenn der Leibhaftige ihm auf den Fersen wäre. Dies bezeugten nun doch treuherzig einige wenige der Angestellten.

„Eine solche Personenbeschreibung trifft auf ungefähr jeden fünften Einwohner oder Touristen zu, verflucht noch einmal! Fuhr er mit einem Wagen weg. Nahm er ein Taxi? Wohin flüchtete er? Sprach er mit irgendjemandem ein Wort?"

„Nichts, einfach nichts!"

Und die Kirchenleute freuten sich heimlich, vielleicht nun doch das ganze Erbe zugesprochen zu bekommen! „Wie viel Gutes kann man nun damit tun für die vielen Armen, nicht nur in Afrika, auch hier zu Hause!", meinte der Monsignore würdevoll und teilte dies seinem Bischof mit.

„Vielleicht winkt mir doch endlich mal eine Beförderung in höhere Weihen", dachte der geplagte Priester der für ihn unwürdigen Trauerfeier.

Aber die Freude war von kurzer Dauer, denn wenig später brannten beide Pensionen in Santa Cruz lichterloh bis auf die Grundmauern nieder! Die zunächst Beschuldigten konnten diesmal nicht dahinter stecken, denn sie waren zu dieser Zeit noch in Untersuchungshaft. Oder hatten sie Hintermänner?

Blieb also eigentlich nur noch der Landwert dieser Liegenschaften. Und dieser war in den letzten Jahren bedenklich in den Keller gerutscht, weil ganz einfach viel zu viel und oft auch planlos gebaut wurde wie in so manchen Feriendestinationen. Der Bedarf an Bauland ist heutzutage spärlich geworden!

Die relativ grosse Stammkundschaft des verstorbenen Fernando Gonzales stellte auch keinen reellen

Kapitalwert mehr dar. Diese fand in der Zwischen-
zeit bestimmt andere Lokale.

„Hol's doch der Teufel", fluchte der Priester, ohne
sich sofort „ganz oben" für diesen Ausrutscher zu
entschuldigen.

17

Alma und Bruno wurden widerwillig auf freien Fuss gesetzt. Sie mussten sich aber jederzeit für weitere Befragungen oder gar Zeugen zur Verfügung halten. Die beiden forschten nun intensiv in der sehr nebulösen oder gar dunklen Vergangenheit Fernando Gonzales' herum, mühsam und mit viel Ärger und auch Misserfolgen verbunden.

„Ab und zu findet aber auch ein blindes Huhn ein Körnchen", meinte Bruno zu Alma, und sie recherchierten verbissen weiter. Die Inselbewohner sind aber meist verschlossen wie Austern.

„Aber ich bin doch eine von euch!", versuchte Alma oft bei Gesprächen die schweigenden Wände zu durchbrechen.

„Nicht mehr! Du bist abgehauen und keine mehr von uns!"

„Währt ihr nicht auch aus der Hölle davongelaufen, wenn sich dazu Gelegenheit bot?"

„Hölle? Das wir nicht lachen! Dein Fernando schuftete nicht zuletzt wegen dir, um euch zu Ansehen und Wohlstand zu bringen!"

„Ihr verblendeten Idioten! Ihr habt ja keine Ahnung!"

Durch diesen Gefühlsausbruch von Alma waren sowieso eventuelle Informationsquellen endgültig versiegt, die Mäuler ganz verschlossen und die Augen voller Schadenfreude, wenn nicht sogar mit Hass erfüllt.

Eines Tages, nachdem Bruno und Alma ihre Hoffnung auf Erfolg schon begraben wollten, fanden sie eine betagte und sehr schwatzhafte ehemalige Nachbarin der verstorbenen Eltern Fernandos. Alma kam die „Erleuchtung", diese Frau aufzusuchen, kurz bevor sie eigentlich resigniert aufgeben wollten.

Diese alte Carmita redete gerne wie ein Wasserfall, besonders über alten Zeiten, in denen ihrer Ansicht nach die Welt noch in Ordnung war.

„Fernando soll einen Halbbruder aus der ersten Ehe seines Vaters gehabt haben? Unsinn! Ich schwöre bei der ‚Madre de Dios', dies ist nicht der Fall! Fernando zog in seinen jungen Jahren mit einem zwielichtigen Freund herum, dessen Herkunft nie geklärt wurde und der keinerlei Verwandte besass. Dies sehr zum Missfallen seiner Eltern.

Die beiden Jungen wurden einige Mal straffällig. Freilich nur wegen kleineren Delikten. Aber sie hatten einen weiteren jungen Freund bei der Polizei an der Hand, der sie immer wieder aus der Patsche holte und laufen liess. Jener Freund ist unser heutiger Polizeichef von Santa Cruz, ein gewisser Señor Anselmo Barriga!"

„Da war aber die Welt schon damals nicht so ganz in Ordnung!", unterbrach Alma den Redeschwall der Alten.

„Aber kein Vergleich zu heute! Das waren doch eigentlich nur Lausbubenstreiche und kleinere Sachbeschädigungen und Diebstahl. Freilich, manchmal wurden auch Leute, vor allem Touristen, ausgeraubt und zusammengeschlagen, es wurde gestohlen und dergleichen mehr. Aber Sexorgien und Drogen waren nicht im Spiel."

„Sind Sie da so sicher?"

„Ja, wenn Sie mich nun so konkret fragen: Wir hofften dies einfach!"

Carmita plauderte weiter und weiter. Höflichkeitshalber hörten Bruno und Alma mit halbem Ohr zu.

Aber in ihren Köpfen reiften bereits die nächsten Schritte.

„Wir werden uns den sauberen Polizeihauptmann mal privat vornehmen! Nur wie und wo?"

18

Anselmo Barriga, Chef der Guardia Civil von Santa Cruz auf Teneriffa, mit dem charakteristischen Dreispitz, der Kopfbedeckung mit Namen Tricornio, stolz auf Rang und Namen, auf seine grüne Uniform, die nicht nur die Macht des Staates verkörpert, sondern auch seinem Ego schmeichelt, war sichtlich erstaunt über die Einladung, die er in Händen hielt. Misstrauen wechselte mit Neugierde.

Wie meistens obsiegte auch bei ihm die Neugierde!

„Da wagen es doch tatsächlich diese sich leider wieder auf freiem Fuss befindlichen Bruno Gantner und sein Flittchen Alma Gonzales mich zu einem Drink und Gespräch ins Hotel ‚Ambassador' einzuladen! Sie haben also wichtige Neuigkeiten für mich!? Ha, dieses Gesindel soll mich kennen lernen! Die wollen mir die Würmer aus der Nase ziehen! Aber nicht mit mir, dem Chef der Guardia Civil!

Komme ich nicht, so denken sie vielleicht, ich hätte ein schlechtes Gewissen oder gar Angst. Ich werde aber denen Angst einjagen!", lächelte er giftig vor sich hin, indem er den Sitz seines Tricornio und seiner Uniform nochmals kritisch vor dem etwas trüben Spiegel prüfte.

Demonstrativ liess er sich in einem Streifenwagen beim Hotel vorfahren. Später überlegte er sich aber, ob dies wirklich klug war.

„Immerhin brauche ich wirklich keine Mitwisser meines Treffens mit den notgedrungen Freigelassenen. Mitwisser können jederzeit zu Erpressern werden!" Er murmelte darum auch etwas undeutlich zu seinem Untergebenen und Fahrer:

„Du kannst zurück zur Polizeiwache! Du brauchst nicht auf meine Rückkehr zu warten. Es kann dauern und spät werden, denn ich habe eine wichtige Besprechung von internationaler Bedeutung!"

Gleich darauf schalt er sich erneut einen Tölpel, denn er wusste doch um die Neugierde seiner Untergebenen. „Internationale Bedeutung lässt doch aufhorchen und neugierig werden. Und zu einer solchen brisanten Sache geht man üblicherweise kaum alleine hin!"

Bei ihm hatte die ausserordentliche Neugierde natürlich ganz andere Motive, die niemanden einen feuchten Dreck angingen.

„Die Wände hier können Ohren haben", begrüssten Bruno und Alma Señor Barriga. „Wollen wir nicht in unsere Suite gemütlich plaudern? Wir können durch den Zimmerservice alles kommen lassen, was unser Gespräch und unsere Kehlen nicht vertrocknen lässt!"

Das Unbehagen und Misstrauen schwand offenbar auf beiden Seiten mit jedem Glas schwerem Rotwein ein wenig mehr und die Zungen wurden lockerer, auch wenn das Gehirn signalisierte, vorsichtig zu bleiben.

„Wann sollen wir unsere Granate platzen lassen?", fragten sich Bruno und Alma.

„Wenn Barriga ziemlich, aber nicht ganz besoffen ist. Sonst bringen wir vielleicht nichts Wesentliches mehr aus ihm heraus! Oder doch erst wenn er voll ist? Kinder und Betrunkene reden bekanntlich am ehesten die Wahrheit!"

Alma fasste sich ein Herz. „Señor Barriga, wissen Sie, dass mein verstorbener Mann überhaupt keinen Halbbruder hatte? Von kompetenter Seite wissen wir, dass Fernando diesen Anselmo kurz vor dem Tod seiner Eltern irgendwo ‚aufgelesen' und für seine persönlichen Zwecke missbraucht hatte. Alle seine Papiere sind gefälscht, und alles Insiderwissen über die Familie meiner Eltern wurden diesem nach und nach von meinem Mann selbst eingepaukt!"

Barriga reagierte zunächst etwas träge, aber doch noch ziemlich erschrocken. „Wie zum Teufel wollen Sie dies beweisen", lallte er.

„Damit", donnerte Bruno nun den Guardia-Mann an und hielt ihm die Geburtsurkunde, eine Kopie aus dem Taufregister der Kirche und den echten Personalausweis unter die Nase.

„Der Vorname Edmundo stimmt zwar, ebenso das Geburtsdatum, aber der Familienname lautet Delgado! Und kurz nach dem Auftauchen dieses Edmundo Delgado waren die Eltern von Fernando bei einem Verkehrsunfall auf dieser schönen Insel, angeblich wegen Selbstverschuldens, ums Leben gekommen! Wurde jener damalige sogenannte Unfall wirklich seriös aufgeklärt? Wir glauben, jene Akte wurde von Ihnen selbst als „ungelöst" abgezeichnet! Wenn diese in einem Archiv verstaubt, können wir veranlassen, dass ein gewiefter Anwalt ein neues Verfahren eröffnet!"

Edmundo Delgado war ein Strassenkind, von seinen Eltern oder zumindest von seiner Mutter ausgesetzt, und er ist in einem erbärmlichen Waisenhaus aufgewachsen. Von dort abgehauen, lebte er hauptsächlich auf der Strasse. Ihm öffnete sich erst die Welt, als Fernando und ihm zusammen in einer Jugendbande die ersten Einbrüche, Diebstähle und weitere Delikte gelangen. Bei der damaligen Polizei fanden die beiden einen ‚gnädigen' Beamten namens Anselmo Barriga, der vermutlich mit der jugendlichen Gang die Beute redlich teilte!

„Woher haben Sie diese Unterlagen? Die sind doch alle gefälscht! Ich werde Sie verhaften und vor Gericht bringen", stammelte Barriga, jetzt wesentlich nüchterner geworden.

„Aber gerne, Señor. Gehen wir zusammen doch gleich zu Ihrem Vorgesetzten und setzen dort unsere interessante Gesprächsrunde fort. Wir würden Ihnen aber raten, vielleicht schon vorher Ihre schmucke Uniform der Guardia Civil auszuziehen und auch ihre liebe Familie zu informieren, dass Sie vermutlich für längere Zeit allein in den Urlaub fahren!"

„Was wollen Sie?"

„Wir haben noch ein paar weitere Fragen. So zum Beispiel zum Tod von Delgado und zum Feuerteufel, der ausgerechnet dort gewütet hat, wo keine Brandversicherung vorhanden ist, nämlich bei Fernandos Restaurants ! Was war das Motiv für ein Testament, das den falschen Stiefbruder und die Kirche begünstigt? Und warum verfasste Fernando ausgerechnet wenige Tage nach der Flucht von Alma handschriftlich seinen letzten Willen?

Wir können konkrete Antworten auch aus Ihnen herausprügeln! Wir haben nämlich die Appartements links und rechts von uns vorsichtshalber auch gemietet, damit Ihre Schreie und Ihr Brüllen nicht allzu viele Gäste belästigen. Nein! Stecken Sie Ihre Pistole wieder ein! Wir haben dafür gesorgt, dass diese entladen ist! Sie haben nämlich mehr als einen Untergebenen bei der Guardia Civil in dieser schönen Stadt, der liebend gern Ihren Posten übernehmen wird und über Ihren Besuch bei uns schon so einiges weiss!"

„Ich werde alle diese Verräter und Maulwürfe rauswerfen lassen!"

„Tun Sie das! Umso gesprächiger werden diese! Also, sind auch Sie jetzt gesprächiger? Oder winseln Sie lieber bei körperlichen Schmerzen, die ihr Hirn explodieren lassen?", bellte Bruno.

„Ich bin nämlich in der Schweizer Armee ausgebildeter Sanitäter, und kenne sehr genau die gemeinsten Stellen am menschlichen Körper, die durch gezielt zugefügten Schmerz wahnsinnig machen können!"

„Hör doch auf zu bluffen, du Hund!" Die Zeit des höflichen ‚Sie' war vorbei!

„Gut, dann gehen wir von der Theorie zur Praxis über, du Kotzbrocken!"

Bruno fesselte den überraschten Barriga blitzschnell mit einem reissfesten und breiten Klebstreifen an dessen Stuhl. Im Gegensatz zum übertölpelten Polizisten war er stocknüchtern geblieben, denn er goss zuvor jedes zweite Glas Rotwein in einen nahestehenden Blumentopf. Ein Finger der linken Hand Barrigas knackste schauerlich, und der darauf folgende Schrei des Gequälten war tierisch. Darum „verschloss" Bruno nun auch noch den Mund des Gequälten mit dem restlichen Klebband, so dass nur noch gurgelndes Stöhnen zu hören war.

„Ich ekle mich zwar vor mir selbst", flüsterte Bruno zu Alma, die sich schaudernd abwandte. „Aber ich will die ganze Wahrheit hören. Dieser Hundesohn verdient tausendfach, was ihm jetzt widerfährt!"

19

Nach ewig scheinenden Minuten wussten Alma und Bruno, dass Anselmo Barriga „nur" Auftraggeber für Delgados Ermordung war, also nicht selbst der Mörder. Ein mit relativ wenigen Euros gedungener Matrose, der schon wieder auf hoher See war, beendete mit einem gezielten Messerstich das traurige Leben Delgados.

Dieses fürchterliche Geständnis kam keuchend und stockend, manchmal gurgelnd aus Barrigas Mund, nachdem diesem durch Bruno noch einige weitere grausame Schmerzen zugefügt worden waren. Dazu riss er immer wider das Klebband von Barrigas Mund, bis die Lippen blutig waren. Er war nicht gerne Folterknecht. Im Gegenteil, es ekelte ihn mehr und mehr vor sich selbst. Aber hier galten keine Zimperlichkeiten mehr. Wer mit der Hölle spielt, muss selbst ein Teufel sein.

„Welches Schiff, welcher Kurs, welcher Name?", brüllte er den Stöhnenden an. Aber es war unmöglich, so etwas festzustellen. Namenlos, gesichtslos, gewissenlos, heimatlos! So sind sie doch alle, die für ein paar lumpige Geldscheine das Leben eines für sie Unbekannten ohne Wimpernzucken auslöschen.

Wer der Auftraggeber für die Feuersbrunst war, verschwieg der Guardia-Mann zwar immer noch. Aber sein Schweigen sprach Bände. Der Feuerteufel war vermutlich er selbst. Auf Brandstiftung steht ja nicht die gleiche Freiheitsstrafe wie auf Mord. Aber Anstiftung zum Mord hat es ja auch in sich.

„Und das Motiv für Fernandos kurioses Testament?" zischte Bruno.

„Rache für Almas Flucht! Dabei fand Fernando, dass gerade die Kirche als Erbin die fromme Hure Alma am meisten treffen würde."

Bei diesem Bekenntnis zuckte Alma so sehr zusammen, dass sie sich ernsthaft überlegte, selbst auch noch bei diesem Drecksack von Polizist Hand anzulegen.

„Lass das, Alma! Mach deine Hand nicht schmutzig mit diesem Lump!", mahnte Bruno beschwichtigend.

„Und das Erbteil des falschen Stiefbruders wolltet ihr beiden Halunken untereinander teilen. Als aber der Schwindel aufzufliegen drohte, musste dieser lästige Zeuge weg!", konstatierten Bruno und Alma fassungslos.

„Warum ein Testament in dieser Form, das wissen wir jetzt. Warum aber erst so kurz vor seinem Tod?", fragten sie sich die beiden. Nun, das wusste wohl niemand außer Fernando selbst.

Vermutlich fühlte er sein nahes Ende wegen seines sehr angeschlagenen, ja kaputten Herzens. Nebst dem Hass, dem Ärger, dem Wahnsinnspensum seiner Arbeit, rauchte er neuerdings auch wie ein Schlot und soff wie ein Kosak. Das alles war natürlich Gift für seine Pumpe.

Einige weitere gebrochene Stellen an weiteren Gliedern und etliche Quetschungen oder Verstauchungen beeinträchtigten zwar nicht, dass Barriga doch noch aus dem Hotel humpeln konnte.

Sein Geständnis aber auch die ganze übrige schauerliche Szenerie hatten Bruno und Alma auf einem Videoband gespeichert. Nur konnte dieses kaum vor Gericht verwertet werden. Denn dann würden sie vermutlich selbst wegen körperlicher Gewalt, vielmehr sogar Folter an einem Staatsdiener angeklagt und verurteilt.

Barriga aber gab nicht auf. Was Alma und Bruno kaum ahnen konnten: Sein Hass steigerte sich ins Bodenlose, und er war bereit, die grösste Schmach, die er in seinem Leben soeben erlitten hatte, blutig zu rächen!

20

Aus der Rache Barrigas an Alma und Bruno wurde nichts, denn eine solche traf ihn selbst von ganz anderer Seite! Diese kam aus Barcelona durch eine masslos enttäuschte Liebe! Manuela Cortes hatte nie verwunden, dass Barriga sie nach intimen und heissen Nächten an der Costa Brava schmählich sitzen liess und zurück nach Teneriffa gegangen war.

Der gemeinsame Weiterbildungskurs eines ausgewählten Kreises des Polizeicorps in Barcelona brachte sie einander näher. So beschlossen die beiden, den erfolgreichen Abschluss noch ein wenig privat zu feiern, und zwar bei heissen Tagen in der kühlenden Meeresbrise und bei noch heisseren Nächten bei prickelndem Champagner.

„Und dann haut der Kerl einfach ab, ohne Adiós. Mit mir aber nicht, du Saukerl", gelobte sich Manuela! Bei ihren Nachforschungen erfuhr sie, dass der ach so zärtliche und romantische Geliebte, der ihr den Himmel auf Erden vorgaukelte, „glücklich" verheiratet war und lieben Kinderchen vermutlich den treu besorgten Vater vorgaukelte.

„Meine Rache soll so süss sein, wie er an der Costa Brava ‚süss' mit mir war. Ich warte auf den günstigen Augenblick, um seine Karriere samt seiner Familie zu vernichten!"

Dieser Augenblick war nun gekommen! Manuela, inzwischen auch auf der Erfolgsleiter der Polizeidienste etwas aufgestiegen, erfuhr via verschlüsselte Computerakten, die ihr nun endlich auch zugänglich waren, vom Desaster in Teneriffa mit ihrem Lumpenkerl.

„Also: Jetzt zuschlagen! Zu seiner Degradierung und dem Ausscheiden aus den Polizeidiensten, zum bevorstehenden Prozess gegen ihn, will ich auch noch sein Privatleben und seine Familie kaputtmachen." Kaum etwas ist zu überbieten wie die Rache einer enttäuschten Frau!

Barriga durfte zwar seine stolze Uniform behalten, aber die Epauletten und sonstige goldene Rangabzeichen wurden ihm zuvor abgerissen. Das war für ihn eine grauenvolle Demütigung; schlimmer noch als körperliche Schmerzen. So warf er seine Guardia-Civil-Klamotten in den nächsten Mülleimer und stand also vor einem Prozess, vor Gefängnisstrafe und beruflich vor dem Nichts.

Mit Genugtuung recherchierte Manuela, in Santa Cruz angekommen, diese für sie erfreulichen Neuigkeiten. „Der nächste Schritt ist nun, dass ich auch seine Familie zerstöre! Schade um die Frau und die Kinder! Aber diese Frau muss schon eine etwas dumme Gans sein, dass sie nie etwas bemerkte!"

Als Manuela bei der Familie Barriga plötzlich und unerwartet auftauchte, sahen sie dessen Frau und die zwei Kinder verwundert und neugierig an. Barriga selbst, mürrisch, wehleidig, und von Rachegedanken gegen Bruno und Alma erfüllt, stand wie vom Donner gerührt da.

Kreidebleich im Gesicht stotterte er zu Manuela: „Mit wem habe ich die Ehre? Was wollen Sie hier?"

„Aber mein Liebling! Erinnerungen auffrischen von unseren paradiesischen Zeiten an der Costa Brava! Ist diese Frau hier deine Schwester mit ihren Kindern?" Spöttisch schossen diese Worte wie Pistolenkugeln aus Manuelas Mund.

„Was für paradiesische Tage?", fragte Barriga Frau, sofort sehr misstrauisch geworden. „Übrigens: Ich bin nicht seine Schwester! Ich bin seine Frau!"

„Wirklich?", lächelte Manuela giftig. „Ja, wenn ich das gewusst hätte! Dann hätten wir gewiss nicht am mondbeschienen nächtlichen Strand bei Barcelona eine Busse bezahlt wegen unerlaubten Nacktbadens und Geschlechtsverkehrs!"

„Sag doch auch mal was", schrie die Ehefrau ihren Mann an.

„Ach hör doch einfach nicht auf diese Schlampe!", stotterte Barriga hervor. „Siehst du denn nicht, was für eine Sorte Frau das ist? Da ich sie damals auf dem Lehrgang in Barcelona abgewiesen habe, will sie sich jetzt wohl in ihrer verletzten und gekränkten Eitelkeit an mir rächen! Der Zeitpunkt ist gut gewählt, du Teufelsweib, wirklich sehr gut gewählt", stöhnte Barriga auf.

„Richtig! Ich will mich rächen, Herr und Frau Barriga! Ihr geliebter Gatte hat doch ein kleines Muttermal, etwa so gross wie eine Euro-Münze, und zwar an einem Ort, der gewöhnlich sogar durch die Unterwäsche oder durch eine Badehose verdeckt ist! Zu Ihrer Information: Ich habe ihn unter anderem auch dort geküsst, als er mir versprochen hatte, mich ewig zu lieben und zu heiraten!"

„Kinder, geht raus!", schrie nun die geprellte Ehefrau wie am Spiess.

„Und nun zu dir, du Lump. Nicht nur, dass du beruflich kaputt bist und demnächst in den Knast wanderst und wir bald mal auf der Strasse stehen. Du hast mich also auch noch betrogen. Das erstere ist schlimm genug; aber das andere ist eine bodenlose

Gemeinheit. Pack deine Sachen und verschwinde. Du hörst durch einen Anwalt wieder von mir!"

„Meine Liebe, glaub doch nicht an solche Märchen. Das mit dem Leberfleck ist nur ein saublöder Trick. Dieser sogenannte ‚Beweis' hat diese Hure sicher von einem Mitabsolventen unseres Kurses erfahren, als wir Männer alle einmal unter einer Dusche waren! Vermutlich war sie diesem zu Diensten, damit sie mich mit solchen ‚erdrückenden Indizien' fertigmachen kann. Du weisst gar nicht, zu was eine verschmähte Frau solchen Kalibers fähig ist!"

„Doch, das weiss ich als ebenfalls verschmähte und betrogene Frau! Du sagtest mir doch, ihr hättet in einer einfachen Unterkunft gewohnt, aber immerhin hätte jeder seine eigene Dusche und sein eigenes Klo gehabt! War deine Dusche vielleicht plötzlich kaputt? Und musstest du also die Dusche deiner Kollegin benutzen? Hau jetzt einfach ab! Ich werde wenigstens den Kindern vorläufig nicht erklären, was für eine Sorte Mensch du bist!"

„Verflucht noch mal, nun muss die Rache an Alma und Bruno warten! Aber mein Hass ist noch grösser geworden!"

Eigenartigerweise waren dies die ersten Gedanken, nicht etwa das riesige Desaster in seinem Beruf, in

seiner Ehe und Familie, als sich Barriga fuchsteu-
felswild davonschlich.

21

Warum nur setzte Fernando die Hälfte seines Erbes für die Kirche ein? Er war doch Atheist? Vermutlich war es wirklich simple Rache an seiner Frau Alma! Zu was Eifersucht, Hass und Rache alles führen können, das überfordert gewiss jeden Priester und jeden Psychiater. Diese Abgründe der Seele werden wohl nie völlig erforscht.

Der Priester beriet sich eingehend mit seinem Bischof, ob dieses Erbe aus dieser verzwickten Lage überhaupt noch angenommen werden sollte. Es lag einfach zuviel Brisanz in der ganzen Sache. Die Presse überschlug sich wieder einmal mit aufreizenden Schlagzeilen. Zudem wurde dieses Erbe durch all die Vorfälle wenig lukrativ, ja nahezu bedeutungslos. Ganz unüblich kam die ‚Heilige Mutter Kirche' zum Entschluss, diese Erbschaft auszuschlagen!

Bruno und Alma überlegten sich ernsthaft, alles stehen und liegen zu lassen und einfach abzuhauen nach Chile. Das jetzt Alma wieder zustehende „ganze" Erbe war zwar doch noch verlockend, aber die

Situation hier auf der Insel wurde allmählich unerträglich. Endlos im Prozess gegen Barriga aufzutreten, das war ihnen zuwider.

„Zum Teufel mit den paar lumpigen Grundstücken auf Teneriffa und Gran Canaria, die durch die Immobilienkrise und viele leerstehende Häuser und Hotels immer weniger Wert sind!", meinten schliesslich beide übereinstimmend.

Sie übertrugen alles an ein Waisenhaus in Santa Cruz. Dass dieses ausgerechnet wieder der Kirche gehörte, wussten wohl ausgenommen der hohen Geistlichkeit und dem zuständigen Grundbuchbeamten kaum jemand.

Wer weiss: Vielleicht bringt dies nun dem zuständigen Priester doch noch eine Beförderung?

Das Vorhaben von Alma und Bruno, in der Nähe von Santiago de Chile in einer Kirche zu heiraten, löste bei Brunos Eltern riesige Freude aus. Dass die beiden jedoch durchblicken liessen, nach den Feierlichkeiten wieder nach Bern und in die Schweiz zurückkehren zu wollen, dämpfte deren Freude schon etwas.

Allerdings sagten sich Brunos Eltern, dass sie ja auch wieder mal für einige Zeit alteidgenössische Luft schnuppern und so noch etwas länger zusammenbleiben könnten. Einfach so lange, bis jedermann wieder froh war, seinen eigenen Weg zu gehen.

Wie sagte mal ein Lästermaul? „Beim Besuch ist es wie beim Käse! Zuerst ein grossartiges Geschmackserlebniss, aber nach einigen Tagen beginnt dieser etwas zu stinken!"

22

Die liebe alte Carmita in Santa Cruz, wenn sie gerade niemand hatte, den sie mit ihrer Plauderei nerven konnte, las durch ihre Brille, deren Glas so dick war wie ein Flaschenboden, ab und zu auch mal in der Zeitung. Eigentlich nur die Todesanzeigen. Dabei bemerkte sie, dass die Verblichenen nicht nur in ihrem Alter waren, sondern dass die Jahrgänge der Gestorbenen weit über ihren eigenen rutschten.

„Dann muss ich ja wohl oder übel auch mal dran glauben", murmelte sie vor sich hin, teils doch leise erschrocken, teils aber auch mit Fassung. „Nun, was will ich altes Fossil eigentlich noch hier? Früher war die Welt noch in Ordnung und die Leute fromm. Und heutzutage gerät einfach alles aus den Fugen!"

Sie las natürlich auch mit Neugierde und Vorliebe in den Rubriken „Unglücksfälle" oder gar „Verbrechen!" „Irgend ein Nervenkitzel muss man doch auch noch haben!", lächelte sie schelmisch. Um sich dabei auch wohlig zu entsetzen, was doch heutzutage für Bösewichte herumlaufen. „Ich weiss, es ist nicht christlich! Aber manchmal wünschte man sich, dass die Todesstrafe wieder eingeführt würde!"

Nun zitterten ihre Hände doch, als sie sich ihre alte Brille, eine neue kostete einfach zu viel, auf der Nase zurechtrückte und folgende Zeilen las:

„In einem Hotel in Santa Cruz wurde die Leiche eines gewissen Edmundo Delgado, der sich fälschlicher Weise als Halbbruder von Fernando Gonzales ausgab, von einem Unbekannten erstochen, aufgefunden. Damit werden sich in der Erbsache der Gonzales vermutlich neue Sachlagen ergeben. Vom Täter selbst fehlt leider jede Spur. Ob es sich um einen Auftragsmord handelt, darüber kann die hiesige Polizei noch keine Auskunft geben, bis die Ermittlungen abgeschlossen sind.

Der Polizeichef von Santa Cruz, ein gewisser Anselmo Barriga, wurde in diesem Fall in Haft genommen. Ein Ausscheiden aus den Polizeidiensten ist nicht auszuschliessen. Auch könnte in der ganzen Angelegenheit noch ein weiterer ziviler Prozess erfolgen. Pikantes Detail: Seine Frau will sich von ihm scheiden lassen, sehr zum Unwillen der Kirche!"

„Wirklich, die heutige Zeit ist schrecklich geworden. Es wäre manchmal gut, wenn man die Augen für immer schliessen könnte! Aber zuvor möchte ich doch noch das Ergebnis und ein eventuelles Urteil dieses Prozesses erleben", meinte Carmita zu einem ihrer Urenkel.

„Aber Urgrossmama, so ein Prozess könnte vielleicht Jahre dauern!"

„Ja und ? Ich bin doch noch gesund!", meinte diese zu ihrem Nachkommen etwas entrüstet. „Auf meine Beerdigung müsst ihr schon noch etwas warten. Die Welt ist schlecht, gewiss, aber manchmal auch interessant!"

23

Brunos kleines Architekturbüro musste durch die „ewige" Abwesenheit des Chefs bald aus den roten Zahlen herausgeführt werden. Trotzdem blieb Zeit für den jungen Ehemann, seiner Alma die Schönheit und Gemütlichkeit der alten Zähringerstadt zu zeigen.

Auch die grossartige Alpenwelt des Berner Oberlandes mit den berühmten Gipfeln Eiger, Mönch und Jungfrau sowie die etwas gefürchtete und sogar bei manchen verrufene Eigernordwand ist immer wieder ein Erlebnis. So auch eine Fahrt mit der Jungfraubahn zum Top of Europe, dem höchstgelegenen Bahnhof Europas auf immerhin 3'454 Meter über Meer. Was Wagemut und Ingenieurkunst zum Teil vor über hundert Jahren geschaffen haben, ist auch heute noch bestaunenswert.

Gewiss, an Höhe, Breite und Länge konnten es die Berner Alpen mit dem Andengebirge von Südamerika oder gar mit dem Himalaya nicht aufnehmen. Aber auch hier gilt wieder mal der Begriff: „Etwas kleiner aber feiner!"

Natürlich hat jede Stadt ihre Sehenswürdigkeiten und Besonderheiten. Auch Bern ist voll davon. Einer sei hier speziell kurz erwähnt: Der sogenannte Zytglogge-Turm! Früher das Tor zur Altstadt, erklangen dort vor sechshundert Jahren die ersten Glockenklänge zu jeder Stunde, zusammen mit einem symbolträchtigen Figurenspiel und einer wirklich sehenswerten alten astronomischen Uhr.

In den sechshundert Jahren hat die Glocke über 34 Millionen Stundenschläge verkündet! Der ursprünglich um das Jahr 1200 erbaute Wehrturm diente sogar um 1400 als Gefängnis.

An der Nordseite des Turmes befindet sich noch heute, abgetrennt durch einen Sichtschutz, ein öffentliches Pissoir! Man uriniert dort doch tatsächlich an die historische Fassade!! In Singapur würde man dafür gewiss eingesperrt oder zumindest drastisch bestraft!

Wie sagen die Bayern? Wir san wir! Und auch Bern ist einfach etwas anders!

Präsident Dmitri Medwedew beehrte kürzlich die Schweiz mit einem Kurzbesuch. Dieser galt aber eigentlich dem russischen Generalissimus Suworow, der in seinem Feldzug gegen die Franzosen 1799 quer durch die Alpen zog und schätzungsweise in Eis und Schnee etwa 10'000 Mann verlor, durch Kälte, durch die wilde Natur und im Kampf. Gebracht hatte dieses Menschenopfer damals nichts; wie so oft auch anderswo und in allen Zeiten.

Das Suworow-Denkmal in der wildromantischen Schöllenenschlucht bei der sagenumwobenen Teufelsbrücke im Kanton Uri stand ein paar Augenblicke im Mittelpunkt der Medien, effektiv aber eher wohl die Präsidenten von Russland und der Schweiz.

Medwedew schenkte zuvor als Gastgeschenk der Hauptstadt Bern, deren stolzes Wappentier seit Urzeiten ein Bär ist und wohl auch Namensgeber der alten Zähringerstadt, ein kleines niedliches Bärenpaar, ein Weibchen und ein Männchen, mit den ebenso niedlichen Namen Mascha und Mischa.

Der Stadtpräsident von Bern liess es sich nicht nehmen, mit den putzigen Kleinen zu spielen, wobei ihn eines der Bärchen in den Finger biss! War dies wohl das Weibchen oder das Männchen?

Man muss halt vorsichtig sein, mit Exponaten der Grossmächte zu spielen. Auch das muss vielleicht noch manche Regierung lernen, nicht nur in der Schweiz und in Bern. Es wird den meisten aber vermutlich schwer fallen!

Die Schweiz schenkte dem mächtigen Russen einen alten und originalen Säbel aus Suworows Armee.

Hängt er diesen wohl über den offenen Kamin seiner Datscha? Nun, vielleicht hingen dort schon weitere Waffen aus anderen und wichtigeren Feldzügen und Kriegen der Russen?!

Alma gestand bei der Besichtigung der kleinen Fellträger ihrem Bruno, dass sie beide in etwa fünf Monaten auch zwei herzige kleine „Bärchen" kriegen würden. Nicht aus Russland, sondern kleine neue Erdenbürger, in einer Mischung zwischen Schweizern und Kanaren.

„Der Arzt meinte, es seien auch ein Männlein und ein Weiblein!", lachte Alma in stolzer Freude.

„Und wenn du mit mir auch nur spielen willst, dann beissen dich die Kleinen, sobald sie das Licht der Welt erblickt haben auch, aber nicht nur in den Finger", drohte sie Bruno.

„Ich mit dir spielen?", fragte Bruno entrüstet, aber lachend zurück. „Wie und warum denn?"

„Indem du versuchst, mit anderen Weiblein zu spielen als mit mir!"

„Tu ich nicht, wenn du mir bezeugst, dass die Zwillinge beide von mir sind!"

„Eines gewiss! Und das andere vermutlich auch, ausser es geschehen auch heute noch überirdische Wunder! Zudem: Mein Herr Atheist oder Agnostiker, ich verlange, dass beide christlich getauft werden! Höchste Zeit, dass du wieder mal eine Kirche von innen siehst. Sonst beisse *ich dich auch,* aber auch nicht nur in den Finger, mein Bär!"

„Du kannst jederzeit damit beginnen, mi amada Alma! Vor, während oder nach der Taufe! Deine Beisserei verschafft mir Lustgefühle!"

„Du lieber Lüstling und wüster Liebling!"

24

Alma und Bruno sassen gemütlich in einem Bistro in der Berner Altstadt, genossen einen guten Espresso und plauderten über die Zukunft. Diese erschien ihnen wirklich lebenswert und schön.

Ein ohrenbetäubender Knall erschütterte das nette Café. Die darauffolgende Explosion brachte in sekundenschnelle das totale Chaos. Splitter aus Glas und Metall schossen herum wie ein Schwarm verrückt gewordener Moskitos, nur tausendmal gefährlicher.

Einrichtungsgegenstände zerplatzten, Rauch und Gestankschwaden zogen umher. Die Sicht war gleich null. Schreie, Verwünschungen, Flüche und Fetzen von Gebeten dröhnten wie Kaskaden von Wasserfällen durch das Inferno. Wasserleitungen platzten, elektrische Einrichtungen zerbarsten in Funkenregen. Eine für das sonst so friedliche Bern unvorstellbare Situation.

Die Polizei, Feuerwehr und Ambulanzwagen waren relativ schnell zur Stelle. Auch eine Absperrung hielt bald Hunderte von Neugierigen fern. Die traurige Bilanz: Es gab Gott sei Dank „nur" zwei Tote, aber eine ganze Anzahl Leicht- und leider auch Schwerverletzte.

Zu Brunos Entsetzen war auch Alma dabei. Mit Herzklopfen, mit Angstschweiss, mit unendlicher Trauer und Wut zugleich, raste er in einem der Krankenwagen mit Sirengeheul und Blaulicht, der Notarzt über Alma gebeugt, zum nächstgelegenen Krankenhaus. Er selbst war nicht verletzt, stand aber unter Schock und erhielt vom Arzt eine Beruhigungsspritze.

Weitere ärztliche Betreuung wies Bruno konsequent ab, beharrte aber darauf, bei Alma zu bleiben, die sofort in den Operationstrakt überführt wurde. Die bekannte Aufschrift der automatischen Türen „Eintritt verboten" sah er nicht. Im Gegenteil, er brüllte wie ein verwunderter Löwe auf, als ihm klargemacht wurde, dass er draussen zu warten hätte.

Auch kümmerte er sich einen Deut darum, dass vor der Glastüre zur Hölle, wie diese ihm vorkam, ein weiteres Schild mit „Rauchen verboten" angebracht war. Mit zitternden Händen zündete er sich eine Zigarette an und verbrannte sich dabei die Finger.

Die Krankenschwester, die ihm höflich aber bestimmt auf das Rauchverbot hinwies, bekam von ihm eine solche Flut von Verwünschungen zu hören, die sie selbst wohl noch nie gehört und Bruno in seinem ganzen Leben noch nie ausgespuckt hatte. Zu allem Übel ging durch den Rauchmelder an der Decke noch der Alarm los. Bruno wurde nun mit aller Gewalt von zwei kräftigen Pflegern aus den Räumen geschubst und geschleppt.

Allmählich wirkte nun doch die Beruhigungs-Injektion, und er fiel in einen unruhigen Dämmerzustand. In irgendeinem Raum für ambulante Behandlungen der Notfallstation wurde der selbst im Dämmerzustand noch zuckende und mit leisen unartikulierten Schreien und gar um sich Schlagende endgültig „ruhiggestellt".

25

Die „Bilanz" dieses für Bern, nein, für die ganze Schweiz unglaublichen Terroranschlags war in nackten Zahlen nicht so fürchterlich. Aber was sagen Zahlen den unmittelbar Betroffenen? Für diese zählt einzig und allein das persönliche Schicksal.

Diese Explosion in einem Bistro in der Berner Altstadt würde gewiss in der von einer Überfremdung stöhnenden Schweiz, in einer sogenannten Multi-Kulti-Gesellschaft, weitreichende Folgen haben. Nicht nur die vielleicht etwas extremen Eidgenossen, nein, eigentlich alle Schweizer wurden aufgerüttelt.

Die wirklich Leidtragenden sind dadurch natürlich wie immer die vielen Ausländer, die absolut keine Schuld tragen. Auch wenn das kleine Alpenland mit seinem sprichwörtlichen Freiheitsdrang und mit seiner Angst vor Unterwanderung und Überfremdung im Normalfall tolerant ist, so bringt ein solcher Anschlag natürlich den extremen Kräften Aufschwung.

„Bald einmal jeder Vierte ist Ausländer, das ist genug! Nein, das ist zuviel! Wir werden die Attraktivität unseres Landes für Ausländer drastisch vermindern!" So die Stimme an manchem Stammtisch in den Kneipen, so auch oft die Forderungen einiger Politiker.

Es war vermutlich ein Anschlag mit einer selbstgebastelten Bombe. Alma erlitt schwere innere Verletzungen und in der Folge eine Früh- oder Fehlgeburt. Laut behandelndem Arzt war zudem kaum mehr eine weitere Schwangerschaft möglich. Dadurch war Alma nicht nur körperlich leicht behindert aufgrund der erlittenen Verletzungen, sondern psychisch und seelisch derart betroffen, dass sie in eine schwere Depression schlitterte.

In Bern wurde lange gerätselt. War dies vielleicht doch ein Racheakt von al Qaida wegen der zuvor erfolgten Anti-Minarett-Kampagnen und deren künftigen Bauverbot in der Schweiz durch eine Volksabstimmung? Oder war es die Folge einheimischer Hetzereien gegen den fundamentalistischen Islam? Hat die Terrorwelle nun auch unser Land erreicht? Vielleicht waren es auch „nur" rivalisierende Banden, die sich untereinander bekämpfen? Hat alles gar nichts mit religiösen Fundamentalisten zu tun? Oder war ein verrückter und eifersüchtiger Liebhaber am Werk? Fragen über Fragen!

Spezialeinheiten der Bundespolizei ermitteln immer noch in Zusammenarbeit mit der Berner Polizei. Bisher aber ohne konkretes Ergebnis. Die Abklärungen dauerten und dauern. Oder verschweigt man bewusst etwas, damit die „Volksseele" nicht weiter kocht?

Die Antwort wäre vermutlich leicht, wenn man alle Fakten und Faktoren berücksichtigen würde. Die ziemlich verkohlte Leiche eines der Toten wurde selbst als Spanier, vermutlich sogar als ein entflohener Häftling aus einer Strafanstalt in Teneriffa identifiziert, obwohl dieser keinerlei Papiere bei sich trug. An seinem Körper wurden minimale Spuren von Plastiksprengstoff gefunden. Als nämlich durch Europol eine Suchmeldung auch in Bern einging und beim Toten ein Gebissvergleich mit den Unterlagen des Zahnarztes des Entflohenen gemacht wurde, war man sich der Sache ziemlich sicher. Aber eben nur ziemlich.

Da war doch vor einiger Zeit auch ein Toter aus Teneriffa in Zürich aus einem Flugzeug geborgen worden. Seltsam! In jedem Ferienparadies gibt es doch keine Terroristen. Oder doch?

Alma und Bruno hätten hier gewiss Auskunft geben können. Aber diese wurden nicht in die Ermittlungen einbezogen. Man wollte den Personenkreis dieser Untersuchung nicht endlos ausdehnen, denn auch hier lauerte die Presse wie ein hungriges Raubtier auf neueste News.

So ging die lakonische Meldung aus Bern nach Santa Cruz: „Wir sind nach eingehenden Untersuchungen nicht sicher, ob es sich bei diesem Toten um den Täter und um den von Ihnen vermissten Geflohenen handelt. Wir werden aber auf Wunsch die sterblichen Überreste sowie die bisherigen Ergebnisse übersenden!"

„Wäre doch schön, die Sache endlich abschieben zu können und damit weitere Arbeit und Kosten zu sparen!", meinte ein Beamter, natürlich ganz inoffiziell, in Bern.

Und aus Teneriffa kam die Antwort: „Besten Dank für Ihre Bemühungen, liebe Kollegen. Aber legen sie den Fall ad acta." Vermutlich wollte „man" auch dort Arbeit und Kosten sparen.

Man kann sich natürlich auch kritische Fragen stellen!

Ist es Überarbeitung einzelner Dienststellen?

Sind es Eifersüchteleien zwischen verschiedenen Abteilungen?

Ist es Vertuschung oder einfach Schlendrian?

Vielleicht von allem ein bisschen! Manchmal bleiben auf Fragen Antworten einfach offen!

26

Für Alma und Bruno stellten sich diese Fragen nicht, auch nicht nach dem Täter und dessen Motiv. Sie kämpften mit anderen und persönlichen Sorgen.

Eines Tages schluckte Alma in einem unbeaufsichtigten Augenblick eine Überdosis Tabletten und beendete damit in völliger geistiger Verzweiflung und seelischer Umnachtung ihr Leben.

Bruno ertrank in einem Meer von Trauer und Tränen. Als seine Eltern aus Chile zur Beerdigung anreisten und auf eine kirchliche Trauerfeier pochten, meinte er trotzig: „In eine Kirche? Niemals! Wenn es einen Gott gäbe, so hätte er dies nicht zugelassen!"

„Bruno, wir verstehen deine Trauer und wir trauern mit! Aber verwechsle doch bitte nicht Gott mit dem freien Willen des Menschen und dessen Hassgefühle und Verblendung. Nicht alle Verbrechen sind auf religiösen Fundamentalismus zurückzuführen!"

„Seht ihr, eure Predigten reichen mir schon!"

„Das sind keine Predigten, nur logische Überlegungen!"

Sie einigten sich wenigstens auf einen konfessionsneutralen Grabredner. Dieser machte seine „Arbeit" vermutlich gerade so gut wie ein Pfarrer irgendeiner Kirche, wenn nicht sogar besser. Er wies sogar den Atheisten oder Agnostiker Bruno darauf hin, dass selbst in der Natur in jedem Frühjahr eine gewisse Auferstehung stattfindet. Und dass ein Schöpfer und Gott nicht nur in die Natur, sondern auch in den Menschen hinein eine ähnliche Wirkung legen kann.

„Wir wollen darum die Hoffnung nicht aufgeben, dass unsere Alma, deren Name ja Seele bedeutet, in einer anderen und neuen Dimension weiterlebt!", schloss er seine Ansprache.

Ein Streichquartett spielte ein Stück von Mozart, das die Trauernden auch etwas aus der Erstarrung herausholen sollte. Aber an Bruno prallten Worte und Musik, auch viele Beileidbezeugungen, einfach alles wie an einer Betonmauer ab.

Er stierte auf das offene Grab und auf den Sarg. In ihm regte sich einzig der Gedanke: „Tolstoj stellte doch berechtigt die Frage ‚Wie viel Erde braucht der Mensch?' Ein Quadratmeter genügt! Nein, hier genügt dieser sogar für drei. Auch für einen Sohn und eine Tochter aus unserer Liebe!"

Erst später, als er sich mit seinen Eltern in Chile langsam aus der Trauer und Lethargie herauskämpfte, kamen Bruchstücke jener Rede am Grab wieder in ihm hoch.

„Woher weiss ich dies nun doch? Ich war doch damals gedanklich total abwesend und erfasste nicht ein einziges Wort? Flüstert dies mir Alma zu? Lebt sich doch weiter? Sprichst du also zu meiner eigenen Seele, liebe Alma, liebe Seele?"

Epilog

Was ist der Sinn des Lebens? Woher kommen wir, warum sind wir hier, wohin gehen wir? Sind ein paar Freuden und viel mehr Enttäuschungen und Leiden alles? Wo ist Gott? Ist Glaube überholt?

„Glauben ist Schnee von gestern!", bemerkte kürzlich jemand. Aber was ist Schnee von gestern? Das Wasser von morgen! Und ohne Wasser kein Leben!

Und ein anderer meinte: „Wenn es einen Gott gibt, so müsste er Zeitung lesen!" Geht es auch noch dümmer? Kaum!

Sind alle Milliarden von Menschen, die an einen tieferen Sinn des Lebens glauben und daran, dass es nach dem Tod in irgendeiner Form weitergehen kann, vollkommen verblendet, weltfremd oder gar dumme Idioten?

Nun, solche oder andere Fragen muss sich jeder selbst beantworten!

Auch Bruno tat dies, nicht nur, um aus seinem „Loch" herauszukriechen. Er besuchte eines Sonntags irgendeine kleine Kapelle, aus irgendeiner Laune heraus. Dort „packte" ihn förmlich ein Laienprediger mit seinen volksnahen Worten, ohne Manuskript und nicht mit der besten Formulierung der Sätze.

Er merkte sich nicht mal den Namen jener Kirche. Aber das dort Empfundene wirkte und bohrte in ihm weiter. Und er würde gewiss jene Kapelle wieder finden, wenn er Alma, die Seele und auch seine eigene Seele sucht!

Wir hoffen dies sehr für ihn! Und nicht nur für ihn!

Von F.U. Ricardo sind bei Book on Demands erschienen:

Paradies und Hölle in Ascona
ISBN 978-3-8370-6426-1, Paperback, 132 Seiten

Eifersucht
ISBN 978-3-8370-8259-3, Paperback, 196 Seiten

Drama am Weissfluhjoch und am Tafelberg
ISBN 978-3-8370-3567-4, Paperback, 180 Seiten

Der Raub des Luzerner Mädchens
ISBN 978-3-8370-3802-6, Paperback, 164 Seiten

Leuchttürme
ISBN 978-3-8391-1170-3, Paperback, 124 Seiten

Die Kerze
ISBN 978-3-8391-1882-5, Paperback, 164 Seiten

Brot und Salz
ISBN 978-3-8391-1612-8, Paperback, 140 Seiten

Nichts Neues! Wirklich?
ISBN 978-3-8391-1067-6, Paperback, 124 Seiten

Drei Welten, drei Leben
ISBN 978-3-8370-9983-6, Paperback, 220 Seiten

Schmelztiegel
ISBN 978-3-8391-0433-0, Paperback, 196 Seiten

Sehnsucht Puszta
ISBN 978-3-83914-148-9, Paperback, 140 Seiten

Wolken über der Toskana
ISBN 978-3-83914-431-2, Paperback, 140 Seiten